私の名はリミュル。メルト教が誇る、
アルベール聖騎士団の聖騎士だ。
ちょっと……強すぎないか……
この身体……？
そ
グとやらを迎え撃つ。
余がいる限り、王都には
一歩たりとも入れさせはせん
ただの屍のようだと言われて幾星霜、気づいたら最強のアンデッドになってた
九頭七尾 ［イラスト］チワワ丸

ふふふ、君は今日から僕の忠実な眷属だ……
さあ、こっちにおいでよ
ファイアボール
ジオン
難易度の高いダンジョンに挑み死を経験するも、
アンデッドとして二度目の生を享受する。
気づけば最強のアンデッドに進化し、ノーライフキングと呼ばれることに!?
全てを滅するファイアボールを愛用している。

グリス＝ディアゴ
死体をこよなく愛する死霊術師。墓に眠る死体をアンデッドとして蘇らせ、眷属を率いている。ジオンも自分の眷属にしようと戦いを挑むことに……!?

ひぃっ!?　ば、馬鹿なっ!?

なぜ僕を攻撃できる!?

確かに僕の術は発動したはずっ!

〜〜〜〜〜〜〜〜っ!?
ちゃんとお湯も出るのか。
……これはありがたいかもしれないな
ふう……
リミュル
聖騎士で構成される〝特別聖騎隊〟の隊長を務めている。
最悪の死霊術師・グリス＝ディアゴを追っている最中、ジオンに遭遇し彼を追うことになり……!?

ただの屍のようだと言われて幾星霜、気づいたら最強のアンデッドになってた

九頭七尾

ファンタジア文庫

3008

口絵・本文イラスト　チワワ丸

Contents

プロローグ

「はぁ、はぁ、はぁ……」

息が苦しく、全身が鉛のごとく重い。まるで自分の身体《からだ》ではないかのようだ。

ずしゃり。嫌な音が鳴った。

「く……そ……」

気づけば俺は硬い地面に倒れ込んでいた。石と砂の独特なにおいが鼻を突く。

もう限界だ。

ポーションはとっくに底をついた。いや、たとえまだ持っていたとしても、内臓に届くほどの傷を負っており、もはや治療もままならない状態だろう。

地上は遠く、危険な魔物が無数に徘徊《はいかい》している中を、俺は僅かな可能性を信じて何時間も歩き続けてきた。だがそれもここまでのようだ。もはや歩くどころか、立ち上がることすら難しい。

「……俺の人生……何だ、ったんだ……」

呆気《あっけ》ない人生だった。

俺、ジオンは辺境の小さな村で生まれた。

貧乏な村だったが、それなりに幸せな幼少期を過ごしたように思う。

だがあるとき冒険者に憧れ、村を飛び出した。

都会で冒険者になったはいいものの、生来の人見知りな性格のせいもあって、なかなかいい仲間に恵まれず、ほとんどの依頼をソロでこなしていった。

自分で言うのもなんだが、恐らく才能があったのだろう。順調に冒険者ランクを上げていった俺は、気づけば二十歳という若さでBランクとなっていた。

新人冒険者が百名いたとして、そのうち三人が到達するかどうか。

それがBランクである。

相当な努力家か、一部の特別な才能を持つ者にしか届かない領域なのだ。

……それで己の実力を過信してしまったことが、運の尽きだったのかもしれない。

難易度の高いダンジョンにたった一人で挑んだ俺は、魔物の猛攻に幾度となく遭い、負傷し、そしてこのザマである。

「も……うまれ……わった、ら……」

もう声も出ない。段々と視界が暗くなってきた。

——もし生まれ変わったなら、次はもっと堅実に生きよう。

できれば外交的な性格がいい。友人をたくさん作って、時にバカ騒ぎして、時に真剣に語り合って……。

もちろん最期《さいご》は、こんな孤独な死に方じゃなくて、家族に囲まれながら幸せな笑顔で死んでいきたい——

「……………」

こうして俺は死んだ。

……はず、だった。

「おい、人が倒れているぞ」

「本当だ。早く助けないと」

そんな声で、俺の意識は再び覚醒した。

複数の足音がこっちに近づいてくる。やがて俺の目の前までやってきたのは、冒険者と思われる四人組だった。

男二人は剣士と斥候のようだ。残り二人は女で、それぞれ魔法使いと治癒士だろうか。

バランスのいいパーティだな。ソロの俺とは違う。きっとこの危険なダンジョンでも、安定して探索を進めることができるだろう。

それはそうと、なんて幸運だ。この広大なダンジョンの中で、まさか偶然にも他のパーティに遭うなんて。

しかも俺のことを心配してくれている。ダンジョンで死にかけの冒険者を見つけても、助けるどころか、トドメを刺して金目の物をすべて奪っていくような酷《ひど》い同業者もいると聞くし、本当にありがたい。

……いや待て。何か様子がおかしいぞ。

ポーションを使おうとした剣士の男を、治癒士の女が止めたのだ。

「……残念だけど、助けることはできないわ」

「なぜだ？」

「だって、これはもう、ただの屍《しかばね》よ」

ただの屍、だと……？

治癒士の女が言い放った言葉を、俺は理解できなかった。

そんなはずはない。だって俺はまだ生きている。

現に、俺はこうしてお前たちを見ているし、そのやり取りを聞いているじゃないか。

「私たちにできることは一つだけ……。アンデッド化してしまわないように浄化してあげることよ。……もうすでに、そうなりかけているわ」

う、嘘《うそ》だろう……？

じゃあ何か？　俺の肉体はもう死んでいて、魂だか霊だか知らないが、そんな状態で彼らの話を聞いているってことか？

ドオオオオオオオオンッ！

そのとき突然、上の方から物凄《ものすご》い音が響いてきたかと思うと、地面が大きく揺れた。

「な、何だ……っ？」

「地震かっ⁉」

「ダンジョン内で⁉」

四人組が慌て出す。しばらく経《た》っても振動は一向に収まらない。それどころか天井に亀裂が走り、パラパラと石や土が降ってきた。

「ほ、崩落するんじゃないか……？」

「冗談じゃねぇぞ⁉」

「は、早く地上へ！」

彼らは一目散に走り出した。もちろん俺を置いて。

おいおいおい、待ってくれよ！　このままじゃ生き埋めに……いや、もう死んでるんだっけ？

そう考えるとあまり怖くなってきた。もうどうにでもなれって感じだ。

やがて本当に天井が崩落する。迫りくる石の壁を、俺はただぼんやりと眺めながら迎えるのだった。

◇◇◇

その日、大陸西部に覇を唱えるエマリナ帝国に激震が走った。

最強の魔物として知られる竜種の中でも、頂点に君臨するとされる二体のドラゴン――炎帝竜《えんていりゅう》ヴァルヴァリウスと氷皇竜《ひょうこうりゅう》シェリオリーツェが、エマリナ帝国の領空内にて激突したのだ。

炎と氷の雨が降り注ぎ、台風のような暴風が吹き荒れる。それはもはや天災に他ならなかった。

幾ら大国と言え、この二体の前には成す術もない。壮絶な戦闘の余波を受けて、帝国第二位の都市として知られていた大都市バルカバは消滅。それどころか、周辺一帯の地形と天候が変わったほどだった。

やがてその頂上決戦も勝者と敗者を生み出して終結した。
敗北した氷皇竜は、炎帝竜に喰《く》い尽くされて死体すらも残らなかったという。
一方で、勝者である炎帝竜もまた瀕死《ひんし》の状態であった。
力の大半を失って空を飛ぶこともままならず、そのまま地上へと落下していった。
炎帝竜が墜落した場所。それこそがまさに、とある冒険者が死亡したダンジョンで——

第一章　アンデッドになってた

氷皇竜を喰らい尽くし、ドラゴンの、いや、あらゆる生物の頂点とも言うべき存在となった炎帝竜の膨大な魔力。

運よくそれを丸ごと吸収することとなったそのダンジョンは、途轍《とてつ》もない発展を遂げることができた。

そんな場所で生まれた、一体のアンデッド。

理性など持たないそれは、しかし生前の肉体が優秀だったのか、他の魔物を倒しながら成長を、そして〝進化〟を続け——

◇◇◇

「……？」

あれ？　今、何してたんだっけ……？

薄暗い洞窟めいた場所に、気づけば一人でポツンと突っ立っていた。

なぜこんなところにいるのかも、ここがどこなのかも、まったく分からない。困惑のあまり、俺はすぐ隣にあった壁に手を突く。ぬるっとした不思議な感触を覚える。

「っ⁉」

俺は思わず身構えた。

これは壁じゃない。よく見ると、石畳のような鱗《うろこ》がびっしりと生えている。

蛇の魔物だ。それも恐ろしく巨大な蛇が、俺の傍《そば》に横たわっていた。直径が二メートル近くあるため、最初はただの壁のように思えたのだ。

全長はたぶん、百メートルはあるだろう。

何だよ、この化け物は……？

災害級《ハザード・クラス》とされるブラッドサーペントでさえ、こんなに大きくないはずだ。ちなみに災害級は、小規模な都市に甚大《じんだい》な被害を与える脅威度の魔物に設定されるものだ。

その上位の大災害級《ディザスター・クラス》ともなると、大都市、あるいは国を丸ごと壊滅させるほどの脅威度なのだが……この蛇、下手をすれば大災害級かも……？

おいおい、こんなのに襲われたら一溜《ひとた》まりもないぞ。

まったく動かないところを見るに、もしかしたら寝ているのかもしれない。今のうちに逃げるしかないな。

俺は物音を立てないよう、恐る恐る蛇から距離を取っていった。

だが少し離れたところからその巨大蛇を見てみると、逃げる必要などなかったことがすぐに分かった。

頭が潰れていたのである。一体何が起こったのか分からないが、これでは生きているはずがない。

「おぇあ……」

助かった、と言おうとして、しかし実際に口から発せられたのは奇妙な音だった。

おかしい。どうやって喋《しゃべ》るんだっけ？

「あー、うー、えー」

しばし発声練習をしてみて分かったが、どうやら喉に異常があるわけではなさそうだ。

単純に久しぶりに声を出したので、上手《うま》く発声できなかっただけらしい。

……久しぶりに？

その言葉に疑問を抱きつつも、感覚的にはしっくりきてしまった。

薄《う》っすらとではあるが、少しずつ記憶が蘇《よみがえ》ってくる。

俺はこの薄暗い洞窟、いや、ダンジョンで致命傷を負い、そして死んだはずだった。

だがこうしたダンジョンのような場所で死んだ人間の肉体は、時にアンデッド化して動き出すことがあるという。

どうやら俺もそうなってしまったらしい。

そして永遠とも思える時間、ひたすらダンジョンの中を彷徨《さまよ》い続けていたのだ。

しかもアンデッドと化して理性を失った俺は、その本能に従うように延々と魔物という魔物を倒し続けた。

微《かす》かにだが、そのときの記憶が頭の片隅に残っている。

……そうだ。この目の前で死んでいる巨大な蛇。俄《にわ》かには信じがたいことだが、こいつも俺が倒したような気がする。

倒した直後、なぜか全身に力が漲《みなぎ》ってくるような感じがあって……。

「どう、なって、る……？」

まだちょっと声がおかしいが、さっきよりはマシになった。

しかし、そもそもこうして言葉を発していること自体が奇妙なのだ。アンデッドとなった俺がなぜ、再び自我を取り戻したんだ？　当然だが、普通こんな風に思考できるはずもない。まさか、俺は生き返ったとでもいうのか……？

幾つもの疑問が浮かび上がってくる。

だが今の俺が望むものはただ一つだけだった。

――早く死にたい。

ずっとダンジョンを彷徨い続けて、疲れ果てたのだ。

アンデッドなので身体《からだ》に疲労感はまったくない。痛みもない。

だが精神は疲弊し、摩耗し切っていた。

もはや生への執着などない。一刻も早く永遠の眠りにつきたかった。

俺は今の気持ちを表すような緩慢さで歩き出した。……その割に足が驚くほど軽いのが腹立たしい。

しばらく歩き回って発見したのは、とあるトラップだった。

見たところ、周囲と変わらないただの地面である。けれどそこがトラップになっていることを、なぜか俺は察知することができた。

「……これ、なら」

俺は自分からその場所を踏みつける。すると次の瞬間、地面が消失した。

落とし穴だ。一瞬の浮遊感の後、俺は真っ暗闇へと落ちていく。

穴の奥には剣山が仕掛けられていた。この勢いであれが身体に突き刺さったら、死ぬことができるかもしれない。

……すでに死んでいる身なので、死ぬと表現するのは奇妙だが。

しかしアンデッドと言えど、不死身というわけではないはずだ。頭を破壊されれば動かなくなるし、浄化魔法を喰らったら消滅する。

俺はゆっくりと目を瞑《つぶ》り、そのときを待った。

ペキンッ！　金属が折れるような音が響いた。その直後、勢いよく頭から地面へと叩《たた》きつけられる。

だがまったく痛みを感じなかった。

目を開けて周囲を見回すと、近くに剣山の一部が落ちていた。どうやら俺が激突したことで、半ばからぽっきりと折れてしまったようだ。

一方、俺の身体には傷一つなかった。地面にぶつかった頭を触ってみても、まったくの無傷である。

単に痛覚が麻痺《まひ》してしまっているというだけではない。あれだけの高さから落ちてきたというのに、そもそも怪我《けが》をしていないのだ。

どういうことだと首を傾《かし》げつつも、ともかくこの穴の底にいてもどうしようもないので、俺は穴から出ることにした。

壁に取っ掛かりがほとんどなかったので、僅かな凹凸に指をかけて登り始めた。すると意外にもすいすいと進んでいき、気が付けば穴の外へと脱出してしまう。息一つ荒くなっていない。

身体能力がおかしい……。と、自身の状態に困惑しているときだった。

「グルルル……」

穴から出てくる俺を待ち構えていたかのように、一匹の魔物が近づいてきた。

熊の魔物だ。体長は四メートルほど。その全身を覆うのは毛ではなく、高質化した鎧《よろい》のような分厚い皮膚である。

俺は頭の片隅で、その名を記憶していた。

アームドグリズリー。災害級とされる危険な魔物だ。

この巨大な熊は、並の攻撃では傷一つ付かない圧倒的な防御力を持つ。それでいて、指先の爪が名工の打った剣のような切れ味を誇っている。

すなわち、攻撃力をも併せ持つという恐ろしい魔物なのである。

しかも、よくよく見てみると、通常の腕に加え、脇腹辺りに二本、また別の腕を有していた。上位種か、あるいは変種かもしれない。

トラップでは駄目だったが、この凶悪な魔物に襲われればさすがに「死ぬ」だろう。

正直、飛び降りと比べると嫌な死に方だが、この際どうでもよかった。

「グル……」

だがどういうわけか、いつまで経《た》っても一向に襲いかかってこない。いや、それどころか、こちらに顔を向けたままゆっくりと後退《あとずさ》っている。

……警戒しているのか？

あんな強くて狂暴そうな魔物のくせに、随分と用心深いんだな。過去に油断して人間に襲いかかり、痛い目に遭わされたことがあるのかもしれない。

確かに魔物からすれば、人間の見た目なんて差がないからな。

さすがにこっちから近づけば、反撃してくるよな？

そう考えた俺は、自らアームドグリズリーに向かっていった。

「グッ、グルオオオオウゥッ！」

すると意を決したような雄叫《おたけ》びを上げ、躍りかかってきた。

迫りくる四本の剛腕。俺はただその場に突っ立って、それが自らの身体を粉砕する瞬間を待った。

ドンっ。衝撃は想像していた百倍は小さなものだった。

大樹の幹のように太い四本の腕に思い切り挟み込まれたというのに、俺の身体は潰れるどころか、まったくダメージを受けなかったのだ。

「グルルルゥ〜ッ⁉」

逆にアームドグリズリーの方が痛がっている始末である。よく見ると、爪が何本か折れていた。痛そう……。

慌てて踵《きびす》を返すと、アームドグリズリーは猛スピードで去っていく。

やがて暗闇の奥へと消えてしまった。

「逃げ、た……？」

その後も俺は何度か魔物に遭遇した。

いずれも災害級、あるいはそれ以上のヤバい魔物ばかり。

どうやらこのダンジョンには化け物しかいないらしい。

俺がまだ生きていた頃は、ここまで危険なダンジョンではなかったはずなのだが……。

そうでなければ、最初からソロで探索しようなどと考えない。

だが何よりも驚くべきなのは、そうした凶悪な魔物たちと遭遇しながら、俺はまだ一度もダメージを負っていないということである。

「どう、なってる……んだ……？」

そもそも俺と遭遇した魔物の大半は、こちらを見るなり怯《おび》え、逃走してしまう。

そして襲いかかってくるごく少数も、自分の攻撃がまったく効かないと知るや、あのアームドグリズリーと同様すぐに逃げていくのだ。

さらにどんなトラップも効かなかった。落とし穴だけでなく、天井の崩落で生き埋めにされても、毒を浴びせられても、大爆発をまともに喰《く》らっても、俺はまったくの無傷なのである。

「ちょっと……強すぎないか……この身体……？」

俺は一刻も早く死にたいのだ。

なのにこの頑丈すぎる身体のせいで、どうしても「死ぬ」ことができない。

そうして途方に暮れかけていた、そのときだった。

「っ、外だ……」

ダンジョンの出口を発見したのである。

生きていた頃なら、無事に生還できたことをどれほど喜んだことだろうか。

しかし生憎《あいにく》と俺は死に、アンデッドとなってしまった。

それでもようやくこの薄暗い穴倉を脱出できることに、俺は少なからず高揚していた。

なにせ久しぶりに光を浴びることができるのだ。

いや、待てよ……？　今の俺はアンデッドだ。アンデッドは太陽の光に弱いと聞く。だからアンデッドの多くは、夜間やダンジョン、薄暗い森などにしか現れないのである。

もし長時間にわたって太陽光を浴び続けると、消滅してしまうと言われていた。

俺も例外ではないかもしれない。

「むしろ、望む、ところだ……っ！」

そうだ。俺は死にたいのだ。太陽の光で死ねるというのなら好都合である。

俺はつい走り出し、空から降り注ぐ眩《まばゆ》い陽光の中へと身を躍らせた。

「……うん、痛くも痒《かゆ》くもない……」

燦燦《さんさん》と照り付ける太陽光をまともに浴びても、まったくのノーダメージだった。

ずっと浴びていたら効果が出てくるのかもしれないが、少なくともこれが弱点であるとは思えないレベルで何ともない。

それにしても随分と強烈な日差しだな。アンデッドの身なので分かりにくいが、遠くを見ると陽炎《かげろう》が起こっているので、周囲はかなりの高温のようだ。今は真夏なのかもしれない。

ダンジョンの周辺は見渡す限りの荒野で、草一つ生えていない。

記憶は曖昧だが、こんな場所じゃなかったはずだ。

確かダンジョンは森の中にあったように思う。俺がアンデッドとしてダンジョンを徘徊《はいかい》している間に、周辺の環境が変化してしまったのだろうか。

「なっ⁉」

俺がそれに気づいたのは、ふと後ろを振り返ってみたときだった。

ドラゴンの巨大な頭部がそこにあった。と言っても、残っているのは骨格だけで、当然ながらすでに死んでいる。

まさに今、俺が出てきたダンジョンの入り口だ。洞窟だと思っていたそれが、ドラゴンの頭部だったのだ。よく見ると天井からは鋭い牙が何本も突き出している。さっきは外にばかり意識が向いていて気づかなかったらしい。

頭部だけで十メートルはありそうだ。全長ともなればどれほどの大きさなのか想像もつかないが、外に出ているのは頭の一部だけで、身体の方はダンジョンと一体化するように完全に地面に埋まっていた。

「……このドラゴンに、踏み潰されたら……さすがにこの異常な身体も、無事じゃ済まないだろうな……」

いずれにしても、俺の記憶に残るダンジョンの入り口はこんな風ではなかった。普通の洞窟のような入り口だったはずだ。一体何が起こったのか。

色々と疑問は浮かぶが、しかし考えても分かるはずがない。

「……？」

そのとき突如として周囲が暗くなった。見上げると、さっきまで雲一つなかった空が、真っ黒い雲に覆い尽くされようとしていた。

急な天候の変化に驚く間もなく、空から大粒の雨が降ってくる。

ザァァァァァァッ！　先ほどまでの晴天が嘘《うそ》のような凄《すさ》まじい豪雨だ。何度も雷鳴が轟《とどろ》き、地上に稲妻が落ちる。

俺は慌ててドラゴンの口の中に避難した。この様子だとしばらくは止《や》まないだろう。

荒野にあっという間に幾つもの水たまりができていく。いや、水たまりというより、もはや池や湖だ。

すぐにダンジョンの入り口にまで浸水してきた。

足元まで水が来たので水面を覗《のぞ》き込んでみると、そこに俺の顔が映っていた。

「これが、俺……？」

そこには雪のように髪が白く、鮮血のように目が赤い青年の姿があった。

俺の髪はもっと黒かったはずだし、目もこんな赤くなかったはずだ。

だがそれらを除けば、生前と変わらない。ごく普通の人間に見える。

これならたとえ人に遭遇したとしても、アンデッドだとは思われないかもしれないな。

その後も天気は目まぐるしく変わった。

急に気温が下がってきたかと思うと、雨が雹《ひょう》となり、やがて雪となった。かと思えば、今度は気温が上がっていき、そして雨も上がる。代わりに暴風が吹き荒れ、あちこちで竜巻が発生。それもようやく収まると、再び蒼天《そうてん》となって灼熱《しゃくねつ》の暑さに。

なるほど、こんな環境では草も生えないはずだ。

異常な気候ではあるが、ずっとダンジョンの入り口にいても仕方ないので、俺は意を決して荒野を歩き始めた。

「確か、近くに集落があったはず……」

かつて冒険者たちがダンジョンに挑むための拠点として利用していた集落だ。

森の中に設けられ、それゆえ魔物に襲われることも少なくなかったが、住人の大半が腕に覚えのある者たちだったため、いつも難なく討伐していた。

「……ここか」

もちろん、その森すら消滅した今、まだ存在しているとは思っていなかったが。

残っていたのは、集落を守っていた防壁の微《かす》かな名残だけだ。

それでも、これで俺の記憶が間違っていないことが証明できた。やはりここは、かつて森だったはずの場所だ。

それからさらに俺は荒野を歩き続けた。微かな記憶を頼りに、続いて俺が目指したのは都市バルカバである。この辺り一帯を支配する帝国の中でも最大級の巨大都市で、数十万もの人々が暮らしていた。

……まさかあの大きな都市が無くなっていることはあるまい。

徒歩で行くような距離ではないのだが、それでも今の疲れを感じない身体《からだ》なら問題ないだろう。

空腹を覚えることもなければ、睡眠すらも必要ないようで、俺は夜通し歩き続けることができた。

ダンジョンから離れていくにつれ、少しずつだが異常気象がマシになってきた。それに伴い、草木や魔物をちらほらと見かけるようになってくる。

しかし魔物は俺を見るや、どいつもこいつも一目散に逃げていく。

ダンジョンにいた魔物と比べると幾らか力は劣るようだし、本能で敵《かな》わないと理解して向かってこないのかもしれない。こっちから攻撃する気はないんだけどな……。

やがて目的の都市が見えてきた。

「ここもか……」

都市を守護する巨大な城壁——竜種の攻撃にも耐えると言われていたそれが今や、無残な姿へと変わり果てていたのだ。

あちこち崩れ落ち、これでは野盗の侵入すら簡単に許してしまうだろう。

もちろん都市の中も悲惨な有様《ありさま》だった。美しかった街並みは失われ、ボロボロになった無人の廃墟《はいきょ》が延々と続いている。

俺は見覚えのある大通りに出た。かつては幾多の商店が軒を連ね、大勢の人々で賑《にぎ》わっていたはずだ。

だが現在は人っ子一人見当たらない。いるのはアンデッドと化した俺だけ。

「まさか、人類そのものが滅びた……なんてことはないよな……？」

そんな考えが脳裏を過《よぎ》った、そのときだった。

「おおおっ！」

「喰らいなさいっ！　ファイアジャベリンっ！」

どこか遠くからそんな声が聞こえてきて、俺は顔を跳ね上げる。

「人？　人がいるのか……？」

俺は急いで声がした方へと走り出した。身体が軽い。初めて走ったが、信じられないほどの速度が出ている。

それでも五分ほどは走っただろうか。随分と距離があったようだ。

俺は先ほどこんな遠くの声を拾ったのか？　あり得ない聴力だ。

ともかく、俺はようやく声の主たちを発見した。

間違いない。人間だ。見た感じ、冒険者らしき四人組である。

彼らは魔物と戦っていたようだ。全長二メートルを超し、鋭い牙を有した猪《いのしし》の魔物。

だが現在は両者ともに戦闘を中断しており、いきなりの乱入者――すなわち俺の方を注目している。

冒険者たちの内訳は次の通りだ。

巨大な戦斧《せんぷ》を手にした四十がらみの身体の大きな男。それからこの中では最年少と思われる若い女。たぶん剣士だろう。小柄で年齢の判別が難しい男は盗賊か、あるいは斥候か。最後に、三十半ばほどと思われる棍《こん》を手にした禿頭《とくとう》の男。あまり見かけない顔つきと武装だな。

「「「な……」」」

彼らは魔物との交戦中に現れた俺を見て、愕然《がくぜん》としたように立ち尽くしている。

一方、猪の魔物はというと、

「ブフゥッ⁉」

そんな風に鼻を鳴らしたかと思えば、猛スピードで逃げていってしまった。結果、俺と見知らぬ四人の男女だけがこの場に残される。

ええと……ど、どうすればいい？

人間に会ったはいいが、どんな風に声をかけていいのか、まったく分からない。

生前ですら、俺はコミュニケーションが苦手だったのだ。

ましてやアンデッドとなり、ずっとダンジョンを彷徨《さまよ》い続けていたのである。上手《うま》く会話できる気がまったくしない。

「……」

戸惑い、沈黙するしかない俺。彼らは彼らで、怯《おび》えるような、あるいは絶望するような表情で身構えている。

そもそも相手は俺を危険な魔物と認識しているのではないか？

だとすると、友好的な会話など望めるべくもない。

いや、水たまりに映っていた俺の姿は、あまりアンデッドらしいものではなかった。

ちゃんと言葉が通じる相手だと分かれば、少しは警戒を解いてくれるに違いない。

そうだ。まずは挨拶だ。明るく元気に「こんにちは」と言えば、きっといけるはず！

俺は恐る恐る口を開いた。

「……こ……ちわ……」

びっくりするくらい声が小さかった。だってまだ言葉を発するのに慣れていないのだ。

それでも挨拶は挨拶。大きな一歩である。これで彼らも俺が危険な存在ではないと、理解してくれたに違いない――

「「「……」」」

ちょっ、反応なし⁉　俺ちゃんと挨拶したよなっ？

むしろ彼らの表情はますます硬くなっていた。かえって警戒心が高まったようにも見える。くっ、一体何がダメだったんだ……？

そ、そうか！　笑顔だ！

ぼそぼそした小さな声だった上に、俺はたぶん緊張のせいで無表情だった。これでは逆効果となってもおかしくはない。

俺は必死に表情筋を動かした。にこ～。

次の瞬間だった。突然、戦斧を手にした男が獣のような雄叫《おたけ》びを轟《とどろ》かせた。

「うおおおおおおおおおっ！」

そして決死の表情で躍りかかってくる。

ええええっ⁉　せっかく頑張って笑顔を作ったのに、また逆効果っ⁉

男が手にしているのは、常人なら持ち上げることすら難しいだろう、巨大な刃の付いた戦斧だ。それを俺の頭部へと振り下ろしてくる。

あ、もしかしてこれなら死ねるかも？

そう思って避けなかったら、見事に額に戦斧の刃が直撃した。ばぎんっ！

「っ⁉」

男が目を剝《む》く。俺の頭部を粉砕すると思われた一撃だったが、破壊されたのは戦斧の方だったのだ。刃が砕け散ったのである。俺の方は……やはり無傷だ。

「ば、化け物っ……」

男は引き攣《つ》った顔でそう小さく呟《つぶや》く。

「アレク、退《ど》いてっ！」

彼の後ろからそう叫んだのは、剣士らしき少女だ。……いや、よく見ると彼女は剣を魔法の杖《つえ》のように掲げ、頭上に巨大な炎塊を作り出している。どうやら魔法剣士らしい。

「メテオファイアっ！」

炎の塊がさながら隕石《いんせき》のように、真《ま》っ直《す》ぐ俺のところへ降ってきた。

ズゴオオオオオンッ！　直撃。そして猛烈な炎に全身を焼かれる俺。

アンデッドモンスターは総じて火の魔法に弱い。物理攻撃はまったく効かなかったが、これならあるいは――

「……ぜんぜん、熱くない」

身体を覆い尽くすほどの炎に焼かれているというのに、まるで熱くなかった。

単に痛覚を失っているわけではなく、身体は火傷《やけど》一つ負っていない。

「っ……あたしの全力の魔法が、無効化された……っ!?」

女魔法剣士が驚愕《きょうがく》の声を上げる中、俺は背後に微かな気配を感じて振り返った。

そこにいたのは、小柄な男。猛禽《もうきん》類のように目を光らせながらも、無表情の中に極限まで殺意を押し込めている。手にはナイフを握っていた。

いや、ナイフというよりも暗器の〝針〟に近いものだろう。

それを俺の眼球目がけ、躊躇《ちゅうちょ》なく突き出してくる。手慣れた殺しの技だ。ばきんっ！

しかし眼球にぶつかるや否《いな》や、〝針〟が折れた。……俺の目は無傷だ。

「馬鹿、な……」

無表情だった男の顔に驚愕が浮かび上がった。

直後、禿頭の男が何やらブツブツと呪文めいた言葉を発しながら飛びかかってくる。

煌々《こうこう》とした光に包まれた棍を、俺のすぐ目の前で振り下ろした。

「滅せよ！　かああああああっ！」

凄《すさ》まじい閃光《せんこう》が弾《はじ》け、俺の身体を覆い尽くす。

びりっ、と。まるで静電気が走ったような、初めて微かな痛みを感じ、俺はびくりと身体を震わせた。だがすぐに何事もなかったかのように光が収まる。

「……これが、効かぬとは……」

　禿頭の男が愕然としたように呟く。

「マジか……高位アンデッドすら浄化する、ガイの祓術《エクソシズム》がまったく効いてねぇなんて……」

「な、何なのよっ、この化け物は……っ？」

「……絶望、だ」

　他の三人も信じられないといった顔で呻《うめ》いている。

　ど、どうしよう？　まさかいきなり攻撃されるとは思っていなかった。

　しかし幸い俺は無傷だ。攻撃されたことは事実だが、俺がそれを許してやりさえすれば、まだ今からでも友好的な会話ができるかもしれない。

　そのために、まずは怒っていないことをアピールするしかない。先ほどは失敗に終わったが、今度こそ笑顔の力を借りるべきときだ。にこ～。

「ひぃっ……」

　……怯えてんじゃん。

　と、そのときだ。戦斧の大男が意を決したように懐《ふところ》に手を突っ込むと、何やら不気味な光を放つ結晶のようなものを取り出した。

「一か八かっ、こいつを使う……っ！」

そう決死の表情で叫ぶと、結晶を俺に向かって投げつけてきた。

パリンッ！　俺のすぐ足元で結晶が割れる。すると次の瞬間、空間が歪《ゆが》んでしまったかのように、目の前の光景がぐにゃぐにゃと曲がって見えた。

「……？」

何らかの攻撃をされたのか。だが相変わらず身体《からだ》には何の異変もない。

しかし空間が元に戻ったとき、いつの間にかそこに大きな影が出現していた。

ケンタウロスの下半身が、山羊《やぎ》に変異したような姿だ。グネグネと捻じ曲がった二本の角に、蝙蝠《こうもり》のような漆黒の翼を有しており、全身は真っ赤な毛で覆われている。

どうやら先ほどの結晶には、何かを強制的に召喚する魔法が込められていたらしい。

「こいつは……悪魔か……？」

邪神によって生み出され、異界に棲息《せいそく》すると言われる邪悪な種族。

それが悪魔だ。個体差は大きいが、一般的に頭部の角と漆黒の翼が特徴で、また総じて高い能力を持つ。下級の悪魔ですら、熟練の冒険者が苦戦するほどだった。

「ウオオオオオオオッ！」

無理やり呼び出されたことへの怒りを示すように、悪魔は凄まじい雄叫びを上げた。

悪魔には高い知性を持ち、会話が成立するタイプの個体もいるが、どうやらこいつはそれとは真逆の個体らしい。

って、あいつら逃げ出してんじゃん！

よく見るとあの四人組はこちらに背を向け、全速力で逃走していた。

悪魔を呼び出しておきながら放置するとは何事か。

もしかしたら召喚するだけで、コントロールすることができないのかもしれない。

お陰で悪魔の怒りの矛先は俺に向いた。四本足で地面を蹴り叩《たた》き、躍りかかってくる。

このとき、俺は初めてこのまま攻撃を受けることに抵抗を覚えた。なぜなら悪魔に倒された者は、その悪魔の眷属《けんぞく》にされてしまうと聞いたことがあるからだ。

死ぬのはいいが、眷属になどなりたくない。そう思った俺は、思わず迫りくる悪魔へと拳を突き出していた。

バァンッ！　悪魔と俺の拳が激突した瞬間、凄まじい破裂音が轟いた。

破裂したのは悪魔の下半身だった。血と臓物を周囲に巻き散らしながら、上半身だけとなった悪魔が頭から地面に倒れ込む。

その刹那、悪魔の顔が驚愕に歪んでいたのがチラリと見えた。

……いや、俺だってびっくりだよ。

◇　◇　◇

俺の名はアレク。Ｂランクの冒険者だ。

十七の時に冒険者になり、それからすでに二十五年。

今年で四十二歳になったが、しかしまだ引退する気はさらさらない。身体は若い頃より
むしろ元気になっているほどだし、力もスキルも成長し続けているのを実感していた。

何より俺は今のパーティをいたく気に入っている。

……変わった連中ばかりではあるがな。

「これほどの都市も、やはりいつかは滅びるのだ……。人の作り上げたものの、なんと
儚《はかな》いことか……。ああ、これぞ無常……」

そうブツブツと独り言を呟いているのは、俺よりも頭一つ以上も小柄な男。

パーティメンバーのディルだ。普段は無口で無表情な男なのだが、感傷的になるとやけ
に饒舌《じょうぜつ》になるクセがある。

元々はとある国で、要人などを秘密裏に殺すための暗殺者として育成されていたという。

紆余曲折《うよきょくせつ》あってその国を脱出。新たに冒険者として生きていたとき、偶然、俺と出会った。

十年ほど前のことだ。それ以来、こうしてずっとパーティを組んでいる。

暗殺者として鍛えられた戦闘能力の高さもさることながら、斥候としても活躍していた。

「見ろ……部屋の中に当時のものと思《おぼ》しき死体が転がっているぞ……。周囲に満ちる高濃度の魔力のせいか、何百年も経《た》っているというのにほとんど腐敗していない……。くくく、ぜひとも持ち帰らねば……」

「それだけはやめてくれ」

俺はすかさず制した。ディルには死体を見るとやたらと興奮し、すぐに持ち帰ろうとする悪癖があった。

ちなみに現在、俺たちのパーティはというと、世界でも有数の魔境として知られるここ、〝エマリナ大荒野〟へと来ていた。

遥《はる》か昔、エマリナ帝国と呼ばれる大国があったとされる一帯だが、どういうわけか現在は広大な荒野と化している。

延々と続く異常気象のせいで、現在は人の住めるような場所ではない。

そして凶悪な魔物も多数棲息している危険地帯だが、貴重な遺産が眠っていることもあって、俺たちのような高位冒険者が調査を進めていた。

中でも今、俺たちが探索しているのは、当時、大都市だったと推測される場所だ。

建物の多くは風化してボロボロになっているが、それでもかつての繁栄ぶりが伺える。

「不思議なことに、死因の大半は焼死と凍死らしいな。何らかの災害に遭ったのか、どうやら短時間の間に一斉に亡《な》くなったようだ」

「焼死と凍死って、どうやったら同時に起こるのよ？」

そう俺に噛《か》みついてくるのは、うちの紅一点、そしてパーティ最年少のハンナだ。

年齢はまだ十九。それもあって、パーティ内では一番低いCランクであるが、その実力はすでにBランクに勝るとも劣らない。

実は彼女は、かつて俺とパーティを組んでいた剣士と魔法使いの娘である。

二人とも凄腕《すごうで》の冒険者だったが、結婚を機に引退。そしてハンナが生まれた。

両親の才能を余すところなく受け継いだらしく、彼女は剣も魔法も得意な、いわゆる魔法剣士だった。

幼い頃から両親に憧れて冒険者を目指していたが、いざ冒険者になろうとすると、その両親から猛反対を受けたので、喧嘩《けんか》して家を飛び出したというなかなかのお転婆娘でもある。

「さあな。少しは自分の頭で考えろ」

「まるであたしが何も考えてないみたいに言わないでくれる？」

色々あって、現在は俺のパーティに加入していた。

小さい頃は可愛《かわい》かったのだが、反抗期なのか、今ではすっかりこんな調子である。俺の方がかなり先輩のはずなんだが、まったく慕われている感じがしない。

「――南無」

顔の前で手を合わせ、神妙に祈りを捧《ささ》げているのは禿頭《とくとう》の大男。戦士である俺と匹敵する体格の持ち主である彼は、ガイと言った。

ガイは元々、東方の国で聖職者をしていたらしい。そのため治癒魔法に長《た》けているのだが、同時に棍《こん》を使った接近戦も得意としており、攻撃と補助の両方を高いレベルで熟すことができる。

彼とは数年前に出会い、それから一緒に冒険を続けていた。

何やら過去に色々あって、聖職者を破門されたらしい。それで西方に流れ着き、冒険者を始めたのだという。

「処女のまま命を失ったオナゴも多くいたことだろう。なんと勿体《もったい》なきことか」

……恐らくその好色さが祟《たた》り、破門されたのだろうと俺は推測している。

真面目そうな顔をしているくせに、その実、暇さえあれば若い女性と遊んでいる変態野郎なのだ。

ちなみにこのつるつるの頭は東方の聖職者の規律によるものだそうで、実際には禿《は》げているわけではなく、剃《そ》っているとのことだ。あくまで本人の主張であるが。

「っ……何か近づいてくる……。恐らく、魔物だ……」

そのときディルが小さく警告を口にし、俺たちはすぐに臨戦態勢を整えた。

「ビッグボアか」

現れたのは巨大な猪《いのしし》の魔物だ。鋭い牙を突き出しての強烈な突進が危険な魔物であるが、それさえ気を付ければそう対処の難しい相手ではない。

ただこの魔境の魔物は、一般的な個体と比べて高い能力を持っていたり、特殊なスキルを有していたりするため、その辺りの注意が必要だった。

魔力濃度の高い場所にいると、変異が起こることがあるのだ。見たところ目の前の個体も、通常のビッグボアよりも少し体毛が赤い気がする。

「ブフォッ！」

ビッグボアは興奮したように鼻を鳴らすと、挨拶代わりとばかりに突っ込んできた。

俺たちは咄嗟《とっさ》に左右に散り、それを回避する。

「喰《く》らいなさいっ！　ファイアジャベリンっ！」

「おおおっ！」

そして瓦礫《がれき》に頭から激突したビッグボアの尻へ、すかさず攻撃を見舞った。

突進を躱《かわ》して、攻撃する。これがビッグボアと戦うときの基本的な戦法だ。

俺が指示するまでもなく、仲間たちはそれを理解し、耐久力の高いビッグボアに確実にダメージを与えていった。

普段は扱いづらい者たちばかりだが、こと戦闘となると非常に頼りになる連中なのだ。

ちなみに俺たちのパーティの陣形は、主に俺とガイが前衛となり、魔法による遠距離攻撃が可能なハンナが後衛となる。

そしてディルは、気配を消して魔物の認識から逃れつつ、状況に応じて臨機応変な動きをする、いわば遊撃だった。他の魔物の接近を警戒するのも彼の重要な役目だ。

そんなディルが突然、震える声で叫んだ。

「な、何か近づいてくる……っ！　何なんだ、この凄《すさ》まじい気配は……っ⁉」

あのディルがここまで狼狽《うろた》えるのは珍しい。

しかも野生の勘と言うべきか、ビッグボアも急に動きを止め、何かに怯《おび》えるようにブルブルと鼻面《はなづら》を鳴らし始めた。

どうやら本当にとんでもない存在がこちらに接近してきているらしい。

というか、こうした感覚には鈍いはずの俺ですら察知できる。なぜか身体が勝手に震え始めたのだ。

やがて、そいつは姿を現した。

「人間……？」

見た目は人間の青年のように見えた。白髪で目が赤いこと、そして衣服があまりにもボロボロであることを除けば、どこにでもいるような二十歳前後の若者である。

だがそいつが全身から発している凄まじい魔力。それに晒《さら》されただけで身体《からだ》中の汗腺という汗腺から汗が噴き出し、ガタガタと歯が鳴り始めやがった。

絶対的な強者《きょうしゃ》。格が違う存在。敵対すれば死。

直感で理解できた。俺は今、これまでの冒険者人生の中でも最大のピンチに遭遇している、と。

「ブフゥッ⁉」

ビッグボアが猛スピードで逃げていった。それを追ってくれれば嬉《うれ》しかったのだが、白髪の青年はちらりと目で追っただけで動かなかった。

どうやら目的は俺たちの方にあるらしい。

いや、もしかしたらビッグボア同様、見逃してくれるかも……？

そのときだ。青年の唇が微《かす》かに動く。

「……」

今、何か言ったのか？　まったく聞き取れなかった。

「（おい、何て言ったのか分かったか？）」

俺はディルを見やり、目でそう訴えた。彼はそれに気づいてくれて、小さく呟《つぶや》く。

「オレには……〝こ〟までしか、分からなかった……」

こ？………殺す、か？

どうやら見逃すつもりはないようだ。

それにしても、Bランク冒険者である俺たちが、魔力だけで圧倒されるほどのこいつは一体、何者なんだ？　白髪と赤い目を除けば、普通の人間の青年のように見えるが……。

「……アンデッド、であろう」

普段は常に冷静沈着なはずのガイが、掠《かす》れた声で言った。

アンデッド、だと？

俺の知るアンデッドは、例えば腐った肉体で動き回るゾンビ、骨だけと化したスケルトン、それから霊体となって人を襲うゴーストなどだ。

あるいはより高位のアンデッドとなれば、吸血鬼《ヴァンパイア》だったり、首を無くした騎士の姿をしたデュラハンなどが有名だ。

しかし目の前の白髪はそのどれにも当て嵌《は》まりそうにない。吸血鬼なら牙が生え、もっと青白い顔をしているはずだからな。

そしてアンデッドは総じて太陽光に弱く、中には陽光を浴びるだけで浄化されてしまう場合もあるという。

高位のアンデッドとなると耐性を持つそうだが、それでもこんな風に日中に活動することは稀《まれ》だった。

「恐らく、相当高位のアンデッド……しかし拙僧にも、その底がまったく計り知れぬ……」

ガイはアンデッドに詳しい聖職者だ。

そんな彼が「底が知れない」と戦慄するほどのアンデッドだと……。

だが大人しく殺されてやるつもりはない。

幸いガイはアンデッドに効く浄化の術を持っている。

「……俺たちが奴《やつ》の注意を引く。ガイはその間に発動の準備を進めてくれ」

「……承知」

俺は愛用の戦斧《せんぷ》を強く握り締める。超重量の武器だが、持ち主が手にしたときだけ軽くなるという特殊効果が付与されており、実は女子供でも扱うことができる代物だ。

さらに俺は闘気を刃に伝えていく。

この状態で俺が本気の一撃を放てば、強固な城壁すら粉砕できる自信があった。

幾ら高位のアンデッドと言え、その直撃を受ければ一溜《ひとた》まりもないはず。

そのとき、アンデッドが「にやり」と不気味な笑みを浮かべた。まるで「やってみろ。貴様の攻撃など効かないぞ」とでも言うかのように。

……舐《な》めやがって！　やってやろうじゃねーか！

「うおおおおおおおおおっ！」

俺は怖気《おじけ》を振り払うように雄叫《おたけ》びを上げ、アンデッドへと躍りかかった。

先ほどの余裕を証明するかのように、アンデッドはその場から動こうとすらしない。

俺は渾身《こんしん》の力で戦斧を振り下ろした。超重量の刃がアンデッドの頭部へ――ばぎんっ！

……は？

俺は敵前だというのに、目を見開いて呆然《ぼうぜん》とするしかなかった。

これまで幾多の魔物を叩《たた》き潰しても刃毀《はこぼ》れ一つしなかった、ミスリル合金製の戦斧だ。しかも闘気で刃を覆い、さらに強度は増していたはず。

なのに、その刃が砕け散ったのである。

驚愕《きょうがく》すべきはそれだけではない。頭部に直撃を受けたというのに、こいつはまったくの無傷なのだ。

「ば、化け物っ……」

アンデッドは基本的に痛覚を持たないため、腕を切断されても構わず襲い掛かってくる。

そして負った怪我《けが》が自然に修復していくなど、高い再生能力を持つアンデッドも多い。

しかし、そもそもダメージを与えることすらできないアンデッドなど初めてだ。

「アレク、退《ど》いてっ！」

ハンナの怒鳴り声で、俺は我に返った。

そうだ。まだ戦闘中なのだ。呆然として動きを止めている場合ではない。

「メテオファイアっ！」

俺が慌てて飛び退《の》いた直後、炎の塊がさながら隕石《いんせき》のように高速で通過していった。

ズゴオオオオオンッ！

アンデッドに炎塊が直撃する。高々と火柱が上がり、その熱風だけで俺まで火傷《やけど》しそうだった。……ハンナのやつ、また威力を上げやがった。

しかもあれで魔法剣士である。やはりもうCランクのレベルではない。

「っ……あたしの全力の魔法が、無効化された……っ⁉」

だがそんなハンナの渾身の魔法も、アンデッドには通じなかったらしい。炎に巻かれながらも平然としているのだ。

やがて炎が収まったとき、アンデッドは火傷一つ負っていなかった。

その背後に、いつの間にかディルの姿があった。俺たち仲間にも察知されないほどの熟練の隠密《おんみつ》スキルで気配を消し、アンデッドの背中を取っていたのである。

ディルが手にしているのは極太の針だ。一点集中の一撃は竜種の鱗《うろこ》をも貫くほどで、さらに針には特性の猛毒が塗られている。

あの毒は大型の魔物にも効く。気づかれずに接近しては一刺しで危険な魔物を葬《ほうむ》るところを、俺は何度も見てきた。

もちろん毒がアンデッドに効くかどうかは分からないが。

いや、その前に果たして針が通るのだろうか？

アンデッドが振り返った瞬間を狙い、ディルは針を突き出した。針の先端が吸い込まれるようにして向かった先は、眼球だ。

そうか。柔らかい眼球であれば貫けるかもしれない。

ばきんっ！　……しかし期待は裏切られた。針の方が折れてしまったのだ。

「……撒《ま》いた、のか？」

「というより、そもそも追いかけて来なかったようだ……」

そこで初めて、俺たちは安堵《あんど》の息を吐いた。忘れていた疲労が押し寄せてきて、思わずその場にしゃがみ込んでしまう。

「一体、何だったんだよ、あれは？」

「……とんでもない化け物であった。もし向こうから攻撃されていたら、間違いなく我らの命はなかった」

俺は先ほど見た恐ろしい光景を思い返す。

召喚されたのは、明らかに上級クラスの悪魔だった。

たった一体で小さな都市くらい壊滅させてしまえるほどの凶悪な力を持ち、俺たちBランクの冒険者であっても容易には討伐できない強敵だ。

それが、あのアンデッドに一撃で瞬殺されてしまったのだ。

「にしても、何で俺たち見逃されたんだろうな？　まぁ不幸中の幸いってやつだが……」

「……もしかしたら」

勝ち気なハンナもよほど恐ろしかったのだろう、青い顔をして言う。

「見逃したんじゃなくて……そもそも逃げても意味がなくて……実はいつでもあたしたち

なんて殺せるのかも……」

「「「っ……」」」

ハンナの推測を否定することができず、俺たちはぶるりと身体《からだ》を震わせた。

耳が痛くなるほどの沈黙と重苦しい空気が辺りを支配する中、俺は努めて平静を装《よそお》って、皆へ告げる。

「と、とにかく、すぐに街に戻るぞ。ギルドにこのことを報告しねぇとな」

「それがいい……。そして街の中にいれば……さすがに奴《やつ》も、おいそれとは手を出せないはず……」

そう意見を一致させた俺たちは、疲れた身体に鞭《むち》を打ち、再び走り出した。

第二章　コミュ障が悪化してた

魔境から最も近い場所にある街――コスタール。

元々は魔境を探索する冒険者たちが、その拠点として作り上げた集落が始まりだ。

そのため街を治める領主がいるにはいるのだが、それはほぼ建前。真にこの街の実権を握っているのは、冒険者ギルドだった。

魔境を探索するに当たって、俺たちもこの街を拠点としていた。

あれから走り通しでようやく街に戻ってくることができた俺たちは、休む間もなくその冒険者ギルドへと駆け込む。

「アレクさんっ？　ど、どうされたんですか……？」

息を荒らげて汗びっしょりな俺たちに、何事かと驚く顔見知りの受付嬢。

「はぁはぁはぁ……ギルド長と話をしたいっ……一刻も早く、ギルド長に伝えるべきことがあるっ……」

俺は彼女に、すぐにギルド長を呼んでほしいと告げる。

「か、畏《かしこ》まりましたっ……では、こちらにっ……」

Bランク冒険者の切羽詰まった様子に、ただ事ではないと察したのだろう、彼女は慌てて窓口から飛び出してきた。

そうして連れて行かれたのは、ギルド長室ではなく、とある会議室だった。

「現在、こちらで会議をしておりますので……」

「そうか、助かる」

礼もそこそこに、俺は扉を開けた。緊急事態なので遠慮している場合ではない。

いきなり会議室に入ってきた俺たちに、中にいた者たちからの視線が一斉に集まってくる。一方で俺はその面子《めんつ》に驚いた。会議室にいたのが、この街でも上位に相当する、Bランク以上の冒険者ばかりだったのだ。

「何だ、このメンバーは……？　戦争でもおっぱじめるつもりか……？」

「そ、錚々《そうそう》たる面々ね……」

俺の後から入ってきたディルやハンナたちも面食らっていた。

確かにBランク冒険者がこれだけいれば、周辺の領地くらい攻め落とせそうである。

それにしても好都合だ。この街の中心的な冒険者たちに、俺たちが遭遇したアンデッドのことを一度に話すことができる。

しかし俺が口を開こうとしたところで、部屋の奥にいた巨漢が先に大声を上げた。

「おお、アレク！　ちょうどいいところにきたな！」

俺たちもよく知る、この街のギルド長を務めるバルダだった。

年齢は六十を超え、白髪も目立つようになってきているが、その身体つきを見るにまだ衰える様子はない。

俺やガイよりさらに一回りも身体が大きく、その人間を超越した怪力は、かつて巨人族を力勝負で打ち負かしたという伝説が残るほど。

実質的なこの街のトップである彼は、元Aランクの冒険者だ。現役を引退してギルド長になった今でも、そこらの現役冒険者など歯牙《しが》にもかけないだろう。

情に厚い漢《おとこ》で、普段は気のいい男だ。しかし冒険者時代は、怒ると手が付けられない狂戦士と化すことから、『豹変《ひょうへん》のバルダ』との異名を持っていたという。……幸い俺はその姿をこの目で見たことはないが。

そのバルダが、俺にこの会議の目的を教えてくれる。

「実は今な、見ての通りBランク以上の冒険者を緊急招集していたんだ。ぜひお前たちにも参加してもらいたい」

「緊急招集？」

一瞬あのアンデッドのことかと思ったが、どうやら別の事案らしかった。

「大災害級《ディザスター・クラス》に指定されているタラスクロードが、魔境から出てきやがったんだ」

「タラスクロードがっ……？」

タラスクというのは亀に似た姿をしているが、ドラゴンの亜種とされている魔物だ。動きは非常に鈍重だが、硬い甲羅に身を護《まも》られた圧倒的な防御力を持つ。

そのタラスクたちの王――タラスクロードと名付けられたのが、この魔境で発見された一体の魔物だ。

通常のタラスクがせいぜい五、六メートルほどの大きさであるのに対し、タラスクロードは何と数百メートルもの巨大さだという。

その重量は凄まじく、歩いただけで地面が数メートルも陥没するほど。もしそんな魔物に襲われたら、どんな城壁も容易《たやす》く粉砕されるだろう。

実際、過去にタラスクロードが出現した国では、都市という都市が踏み潰され、そのまま国ごと崩壊したと言われている。

「最悪なことに奴の進路上にこの街がある。このままだとコスタールは甚大《じんだい》な被害を受けることになるだろう」

無論、被害はこの街だけに留まらない可能性が高い。

もしタラスクが前進を止めずこの国を横断していけば、その過程で幾つもの村や街が破壊されていく。まさに大災害だ。

そこでこの街の冒険者ギルドに国から直接、依頼が来たのだという。

タラスクロードを攻撃し、進路を強引に変えて魔境へ追い払ってほしい、と。

討伐依頼ではないのは、そもそもそれが現実的ではないからだろう。魔境にさえ帰ってくれれば、それで十分なのである。

ちなみにタラスクロードの進行速度は、時速二、三キロ。まさに亀のような歩みなので、逃げること自体は難しいことではない。

「もちろん相応の報酬は出す。戻ってきたばかりですまんが、ぜひ協力してくれ」

「わ、分かった」

俺は神妙に頷《うなず》いてから、

「だが一つ、俺からも報告がある」

「報告？」

そしてようやく俺はあのアンデッドとの恐るべき遭遇のことを語ることができた。

「お前たちが手も足も出なかった、白髪のアンデッドだと……？」

「ああ。あれは間違いなく途轍《とてつ》もない化け物だ。俺たちはただ逃げることしかできなかった……いや、逃げ切れたことだけでも奇跡だ……」

「お前たちがそこまで言うほどの魔物か……」

これでも俺たちのパーティは、冒険者として実力を認められている。

そんな俺たちが命からがら逃げるような魔物がいたことに、バルダを初め、他の冒険者たちも少なからず動揺したようだった。

「恐らく、ここにいる全員が束になってもアレには敵《かな》わない。下手したらタラスクロード以上の脅威かもしれ――」

と、そのときだ。ふと足首に違和感を覚えて視線を落とすと、何か縄のようなものが絡《から》みついていた。

「――は？　……うおっ!?」

次の瞬間、その縄のようなものに引っ張られ、俺は逆さ釣りになっていた。

「ここにいる全員が束になっても敵わない？」

縄だと思ったのは鞭だった。そしてそれは一人の女が握っていた。

「このあたしをお前たちのような雑魚《ざこ》と一まとめにしないでほしいねぇ？」

「エスティナ……っ！」

愛用の鞭で俺の片足を吊《つ》り上げたのは、この中で唯一の現役Aランク冒険者、エスティナだった。

真っ赤な髪が特徴的な長身の女で、宙吊りの俺をじろりと睨《にら》みつけてくる。並の人間なら、それだけで縮み上がりそうなほどの威圧感だ。

人呼んで〝百鞭《ハンドレッドウィップ》〟のエスティナ。特殊な素材で作られた長さ百メートルを超える鞭を武器に、この危険な魔境をソロで探索しているヤバい奴である。まぁ、そうでもなければ、Aランクなどという領域に到達することはできないのだが。

彼女の周囲半径百メートルの領域は、致死圏と言っても過言ではない。

離れた敵へ確実に鞭の先端を当てる凄《すさ》まじいコントロールに、巨岩をも粉砕する破壊力。

そして多数の敵を同時に仕留める殲滅《せんめつ》力。

加えて、今こうして俺を吊り上げているように、鞭をまるで己の身体の一部であるかのように自在に操ることもできるのだ。

「ちょっとあんた、何するのよっ」

そう憤慨してエスティナに噛《か》みついたのはハンナだ。

しかしハンナが近づくより早く、鞭が俺を手放し、今度はハンナの足首に絡みついた。

「っ⁉」

その場で盛大にすっ転ぶハンナ。しかも恥ずかしいことに、股を大きく開く格好で床に尻餅を突いてしまう。

もちろんそうなるよう、エスティナが鞭《むち》を上手《うま》く動かしたのだろう。

「くくく、どうしたんだい？　痴女みたいに股をおっぴろげてさ？　もしかして挿《い》れてほしいのかい？　若いくせに乱れてるねぇ」

「〜〜〜〜っ！」

エスティナに揶揄《からか》われ、ハンナの顔が真っ赤に染まる。

まだ若くてプライドの高い彼女にとって、これ以上ない恥辱だろう。

当然、パーティメンバーたちも黙ってはいない。

「いい加減にしろ……」

「良《い》いものを見せてもら――仲間へのこの仕打ち、幾らお主がAランクとは言え、到底許すことはできぬ」

ディルとガイが怒りを露《あら》わにし、一触即発の空気となった。ちなみに俺は急に解放されて背中から地面に激突し、悶絶《もんぜつ》しているところである。……痛い。

「はっ、このあたしとやり合おうってのかい？」

エスティナが挑発気味に嗤《わら》う。

客観的に考えれば、恐らく俺たちがパーティで挑んでも彼女には歯が立たないだろう。

Aランクの連中はどいつもこいつも、俺たちBランクとは一線を画する化け物ばかりなのだ。

そういう意味で、確かに彼女を一まとめに扱ってしまったことは、俺の落ち度だ。部屋にいることに気づいていたが、焦《あせ》っていたせいでそこまで考えが及ばなかったのである。

「やめんか！」

凄まじい怒鳴り声が響いた。ギルド長のバルダが割り込んできたのだ。

「今はこんなことをしている場合ではない。エスティナも許してやってくれ」

この中でエスティナに対抗できるとしたら、バルダくらいだろう。無論、俺たちも彼に注意されては、矛を収めるしかない。

「ハンナ、やめておけ」

「誰のせいでこうなったと思ってるのよ……っ！」

「戦っても勝てないことは今の攻防で理解しただろ」

「っ……」

涙目で睨みつけてくるハンナの姿がその嗜虐《しぎゃく》心を満たしたのか、エスティナはニヤニヤと嗤いながら元の席へと戻っていった。

俺はホッと息を吐く。

ところで、エスティナがヤバいのは実力だけではない。その恰好《かっこう》もなかなかぶっ飛んでいて、ほとんど下着と大差ない露出度の鎧《よろい》を身に着けている。お陰で肉感的な身体《からだ》つきが惜しげもなく晒《さら》されていた。

「眼福である……」

……ガイ、あんまりジロジロと見るのはやめろ。

噂《うわさ》では伝説級の武具らしいのだが、素人目《しろうとめ》にはとても身を護れるものとは思えない。

何よりこの姿で平然と街を歩くのだから、頭の方も少々常軌を逸していると言っても過言ではないだろう。

しかも見た目こそ二十代にしか見えないが、実年齢は俺と大差なかったりする。

当然そのことには絶対触れてはならず――

「……クソババア」

「誰がババアだこのクソ餓鬼がゴルアアアアアアアっ!?」

ハンナがぼそりと呟《つぶや》くと、エスティナは鬼の形相と化して叫んだ。

◇　◇　◇

四人組の冒険者たちが逃げ去った後。

俺は一人、何がいけなかったのだろうと、考え込んでいた。

このボロボロの格好のせいか？

当時かなりの大金を叩《はた》いて買った鎧は、いつの間にかすべて失われてしまっている。

その下に着用していた、魔物の革製の丈夫な衣服の一部だけが辛《かろ》うじて残っており、一歩間違えれば露出魔と捉えられかねない。

「さすがにそれだけであの反応はないか……」

どう見ても俺を殺す気で攻撃してきてたしな。

彼らの実力は、少なくとも生きていた頃の俺と同格のBランク。当時の俺だったら確実に死んでいただろう。

「そういや魔物も俺を見ると逃げていくよな？　何かヤバい気でも放ってるとか……？」

そのことに思い至った瞬間、俺はようやくハッとした。

今の俺はアンデッド。すなわち魔物だ。そして魔物は魔力をその力の源としており、強い魔物ほど膨大な魔力を保有している。

強大な魔物ともなると、その溢《あふ》れ出す魔力に晒されただけで、弱い人間は死に至ることもあるほどだ。

もしかして俺、ずっと魔力を周囲に巻き散らしていたのでは？

そう思って注意してみると……。

「うおっ⁉　めちゃくちゃ出してるじゃん！」

周りの空間が歪《ゆが》むほどの禍々《まがまが》しい魔力が、俺から放出されているのが分かった。これでは魔物も人間も逃げ出すわけだ。

「そもそもこんな風にはっきりと感知できるものなのか……？」

少なくとも生前の俺にはできなかった。

当時の俺は剣士だったこともあり、あまり魔力に対する感性が高くなかったからな。

それにしても何で今までまったく自覚がなかったんだ……。この状態がもうデフォルトになってしまっていたからだろうか。

魔力を身体から垂れ流し続けていると、普通は呼吸が荒くなったり、苦しくなったりと、身体に異変が起こり始めるものだ。だが今の俺はまったく疲れない。

「総量と比較すると大した量じゃないからか……？　けど、今後はちょっと意識して内に留《とど》めるようにしておこう」

そう考え、俺は魔力を抑えるように努めてみた。すると見事なほどに周囲への放出がぴたりと収まった。

「……完璧だな」

初めてやってみたというのに、思いのほか上手くできた。アンデッドのくせに随分と器用だな。

それから俺は廃墟《はいきょ》の都市を出て、再び荒野を歩き始めた。あの冒険者たちが逃げていった方向へ行けば、きっと街があるに違いない。先ほどは失敗したが、魔力を抑え込んだ今ならコミュニケーションが取れるかもしれなかった。

「グルァァァァッ！」

そんなことを考えていると、建物の陰から魔物が飛び出してきた。全長三メートルくらいある虎の魔物、キラータイガーだ。俺を怖がることなく襲いかかってくる。

「おおっ！　逃げない！　やっぱり魔力のせいだったんだな！」

喜んでいる俺を余所《よそ》に頭から躍りかかってきた魔物は、その鋭い牙で噛みついてくる。

バキンッ、という痛々しい音が鳴った。

「～～～ッ⁉」

牙の方が折れたのだ。さらに勢いよく俺にぶつかってきた巨体が、まるで壁にでも激突したかのようにべしゃりと潰れる。

さすがにもうこの現象にも慣れてきたな。特に驚くこともなく、目を回しているキラータイガーの横っ面《つら》へと蝿《はえ》でも払うような感覚で手を振るう。

キラータイガーは凄まじい速度で吹き飛んでいった。恐らく死んだだろう。

その後も幾度か魔物に襲われては瞬殺しつつ、歩き続けていると、やがて遠くにそれが見えてきた。

「街だ」

廃墟になってしまった大都市バルカバと比べるとかなり小さいが、周囲を取り囲む防壁の新しさを見る限り、ちゃんと街として機能していそうである。

「……魔力を抑えたんだ……これなら……大丈夫なはず……」

そう自分に言い聞かせながら、俺は街へとゆっくり近づいていく。

魔力のことがなくとも、俺は生前から人見知りで、しかも長い年月にわたって人とまともに会話をしてこなかったのだ。せっかく街を発見したというのに、その不安から急激に足取りが重くなってきた。

そうして亀のような速度で歩いていると、俺は街とは別の方向にあるものを発見した。

「……何だ、あれは？」

最初は丘かと思った。だがよく見ると動いている。

「亀……？」

そのシルエットは完全に巨大な亀。しかし全長は百メートルを遥《はる》かに超えている。相当な重量があるのだろう、歩く度に発生する大きな地響きがこちらにまで伝わってきていた。

「いや、まさかこいつ、タラスクか……？」

タラスクは亀によく似た魔物だ。だが実際にはドラゴンの亜種であり、背中の甲羅のようなものは鱗《うろこ》が密集することで形成されていると言われている。

それにしてもこれほど巨大なタラスクは初めて見た。人間が作った建造物など、軽々と破壊しながら突き進んでいくに違いない。

最悪なことに、そのタラスクの進行方向――それがまさに街の方向だった。このままでは街に大きな被害が出るだろう。

「……街は気づいているのか？　さすがにあの大きさだ。街からでも見えるはずだが……」

そう思いつつも、万一ということがある。俺は意を決し、街に向かって走り出した。

もしまだタラスクの接近に気づいていないのなら、すぐに街に行って避難を呼びかけなければならない。幸い巨大タラスクの動きはかなり遅いので、今からでも逃げる余裕くらいはあるはずだ。

「ん？」

走り出してしばらくすると、街の近くに複数の人影らしきものが見えてきた。

向こうもこっちに気づいているようだ。

「ちょうどいい。彼らに伝えよう」

俺はそう考え、彼らの元へと近づいていく。

そのときだった。突然、猛スピードで縄のようなものが飛んできたかと思うと、その先端が俺の足を打った。

バアアアアアンッ、と凄《すさ》まじい炸裂《さくれつ》音が轟《とどろ》く。その衝撃で俺は思わずつんのめり、頭から地面にひっくり返ってしまった。

「いてて……って、別に痛くはないか」

そんなことよりも今、俺は攻撃されたのか？　多分あの赤い髪の女性だろう。その手には鞭《むち》らしきものが握られているが……。

まさか、あの距離から鞭で攻撃してきたってのかよ？　とんでもない芸当だな。

いや、感心している場合ではない。完全に敵として見られているということだ。

「なぜだ……？　魔力はちゃんと抑えているはずなのに……」

◇◇◇

北門にこの街でも有数の冒険者たちが集結していた。

もちろん俺がリーダーを務めるパーティも、ギルドの要請に従ってこの場にいる。

「あれがタラスクロードか……」

「凄まじい大きさだな」

遠くにタラスクロードの巨体が見えていた。ほとんど丘と言っても過言ではない巨大さで、まだ遥か遠くにいるというのに、地響きが地面を伝わってもうここまで届いている。

「ふん、聞いていた通りのデカブツだねぇ。これはなかなか骨が折れそうだよ」

さすがのエスティナも、大災害級《ディザスター・クラス》の魔物を前に少なからず緊張しているようだった。

「……」

そんな彼女を、今にも唸《うな》り声を出しそうな形相で睨《にら》みつけているのが、うちのじゃじゃ馬娘のハンナである。エスティナをババア呼ばわりして激怒させておきながら、まだ対抗心を燃やしているらしい。

……あの後、キレたエスティナをどうにか落ち着かせるまで、本当に大変だったのである。身体を張ってくれたギルド長には感謝しないと。

ともかく、こうして無事に撃退部隊が結成され、間もなく出発するところだ。

Aランク一人に、元Aランクが一人、Bランクが十二人、そしてCランクが六人という、なかなかの戦力だ。

正直なところ俺としてはあのアンデッドの方がずっと気になっているのだが、今は喫緊の脅威であるタラスクロードの方に集中するしかない。

そんなふうに考えていた、まさにそのときだった。

「おい、何だあいつは?」

最初にそれに気づいたのはエスティナだった。訝《いぶか》し気に眉をひそめ、北西の方角を睨みつけている。

その視線の先を追いかけた俺は、思わず息を呑《の》んだ。

「あ、あいつだ……っ!」

魔境の廃墟都市で遭遇した白髪赤目のアンデッド。俺たちが手も足も出なかった化け物が、こちらに近づいてきている。

「あれがお前たちの言っていたアンデッドか? うーむ……」

ギルド長のバルダが訝しそうに唸った。

「見たところ、それほど強そうには見えないが……」

「み、見た目に騙《だま》されては駄目だっ! 俺たちの攻撃をまともに浴びておきながら、傷一つ負わなかった正真正銘の化け物だ……っ！」

俺がそう訴えると、エスティナが鼻を鳴らした。

「ふん、あの程度の魔物に傷一つ付けられないなんて、どうやらとっととBランクを返納した方がいいみたいだねぇ」

「何だとっ？」

心底から馬鹿にしたような物言いに、さすがの俺もカチンときた。

なぜ分からないんだ。まだ遠くにいるが、それでも奴《やつ》の強大な魔力はすでに伝わってきてるはず――ん？

「大した魔物じゃないことくらい、ここからでも魔力を感知すれば簡単に分かる。もしあたしらが見た目だけで判断してると思うなら、とっとと冒険者なんかやめちまいな、クズ」

エスティナの辛辣な言葉を聞き流しながら、俺は首を捻《ひね》った。

お、おかしい……。魔境で遭遇したときは、あんなものじゃなかったはずだ。

近くにいるだけで意識が飛びそうになるくらいの強烈な魔力が、今はまったくと言っていいほど感じられないのだ。

ディルやハンナ、ガイを見るが、彼らも理解できないといった顔をしている。

「それはそれとして、初めて見るタイプのアンデッドだねぇ。すぐに壊しちまうのは勿体《もったい》ないし、生け捕りにしてしまうかね。まぁ生きちゃいないけど」

そう言うと、エスティナは鞭を振るった。

普段は彼女の魔法袋に入っているそれが一瞬で飛び出し、そしてまだ百メートル以上も先にいる白髪のアンデッドへと襲いかかる。

あれだけの距離があるというのに、ピンポイントで鞭の先端が右足に直撃。その瞬間、耳を聾《ろう》する炸裂音が轟いた。

彼女の鞭の先端がどれだけの威力を持っているのか、この音だけで分かるというものだ。

「……なに？」

エスティナが驚きの声を漏らした。

普通の人間であれば、恐らく足が弾《はじ》け飛んでいるだろう。

だが白髪のアンデッドはというと、足を打たれた際の衝撃で地面にひっくり返りはしたものの、何事もなかったかのようにすぐに立ち上がったのだ。

もちろん足はちゃんと付いている。

「……今、まともに当たったはずだけれどね？　何で効いてないんだい……？　ちっ、それならもう一発だよっ」

エスティナは納得がいかないといった顔で首を傾《かし》げるが、すぐに追撃を放つ。

「今度は頭を吹き飛ばしてやるよっ」

彼女の宣言通り、百メートル以上先にある白髪アンデッドの顔面を、鞭の先端が打つ
――結果は先ほどと一緒だった。

少し後方に仰《の》け反《ぞ》っただけで、顔には傷一つ付いていない。それどころか、アンデッドは笑みを浮かべながらこちらに近づいてきている。

「っ……」

さすがのエスティナも、あの恐ろしい笑顔に恐怖を覚えたのか、微《かす》かに喉を鳴らしながら一歩後退《あとずさ》った。

それでもやはりAランク冒険者だ。すぐに気を持ち直すと、彼女は大技を繰り出す。

「これならどうだい……っ！　――百鞭繚乱《ウィップストーム》ッ！」

長い鞭が暴れ回った。

目にも止まらない速度で次々とアンデッドを打ち続けるエスティナ。俺の前からは鞭が何本にも見え、さながら鞭の花が咲いたかのようだ。

Aランク冒険者の本気の攻撃だ。さすがに少しはダメージを与えているはずだと信じたい。土煙が巻き上がり、アンデッドの姿は見えなくなっているが……。

「嘘《うそ》、だろう……っ⁉」

エスティナが愕然《がくぜん》としたように目を見開く。

少し遅れて、土煙の奥から現れたアンデッドの姿に、この場にいた誰もが我が目を疑った。信じられないことに、奴の右手が鞭の先端を握っていたのだ。

まさかあの速度で動く鞭を摑《つか》み取ったのか……？

「くそっ、放すんだよっ！」

エスティナは声に焦《あせ》りを滲《にじ》ませながら、鞭を引っ張った。するとアンデッドはあっさりと鞭を手放す。

「舐《な》めてくれるじゃないか……っ！」

苛立《いらだ》つエスティナから闘気が膨れ上がり、それが長い鞭を伝って先端へと集中していく。

直後、エスティナの腕が残像を残すほどの速度で動いた。鞭の先端が空高く跳ね上がったかと思うと、地上にいるアンデッド目がけて振り下ろされる。

「――降竜爆雷打《ドラゴニックバースト》ッ！」

さながら落雷のごとく降ってきた鞭の一撃が、アンデッドの頭に激突する。

ズドオオオオオオオオオンッ‼

まさに雷が落ちたときのような轟音《ごうおん》と衝撃が辺り一帯を襲った。再び巻き起こった土煙で、アンデッドの姿は見えない。

折しも吹いてきた風が、ゆっくりとその土煙を払っていく。

「「「な……」」」

──またしても無傷。

不気味な笑みを浮かべながら、衝撃で窪《くぼ》んだ地面の上に立つアンデッドの姿に、誰もが脳裏に『絶望』の二文字を思い浮かべた。

……今のは間違いなくエスティナの全力の一撃だったはずだ。

にもかかわらず、あのアンデッドは痛痒《つうよう》を感じている様子がまるでない。

「なんて化け物だ……」

「エスティナさんの本気の攻撃を受けて、無傷だなんて……」

この街でもトップクラスの冒険者たちがそろって声を震わせた。

あのエスティナですら、戦意を失ったように立ち尽くしている。きっと誰よりも彼女自身が理解したのだろう。あのアンデッドは次元が違う存在である、と。

そんな誰もが絶望する中、

「うおおおおおっ！」

突然、大声を上げて単身アンデッドに立ち向かっていく男がいた。

ギルド長のバルダだ。一体何をするつもりなのか？　幾らバルダと言えど、すでに引退した身。現役のAランクであるエスティナの攻撃すら効かない相手に通用するはずがない。

「掌爆波《しょうばくは》ァァァッ‼」

バルダが繰り出したのは、闘気による激烈な衝撃波だった。

それをまともに浴びたアンデッドが遥《はる》か遠くへと吹き飛んでいく。

まさか、時間を稼ぐためか？　一瞬そう考えた俺だったが、すぐにバルダの意図が別のところにあったことを知る。

アンデッドが飛んだ先にいたのは——タラスクロードだ。

俺たちがアンデッドとやり合っている間に、いつの間にかすぐそこまで近づいてきていたらしい。

例のごとくバルダの一撃に何のダメージも受けていないアンデッドが身体《からだ》を起こすと、タラスクロードと間近で対峙《たいじ》するような形となった。

そして次の瞬間。大きく口を開けたタラスクロードが、アンデッドを丸呑《まるの》みにしてしまった。おおおっ、と冒険者たちがどよめく。

「今だ！　タラスクロードを攻撃し、進路を変えさせろッ！」

バルダが声を張り上げる。

これを狙って吹き飛ばしたというのか……っ⁉

タラスクロードは非常に硬質な甲羅を有しているため、外からの攻撃はほとんど効果がない。

そこで内側から攻撃しようと、体内に飛び込んだ冒険者がいるという。しかし結局その冒険者が戻ってくることはなかった。

基本的に竜種は身体の外側だけでなく、内側も非常に強固にできているらしい。ブレスを吐く種族も多く、それに耐えられるようになっているのだろう。

アンデッドを倒すことができないなら、タラスクロードに食わせればいい。そしてタラスクロードを魔境に追い返せば、どちらも同時に片づけることができる。

あの一瞬で、こんな作戦を思いつくとは……さすが、伊達《だて》にギルド長をやってはいない。

俺たちはタラスクロードを追い払うべく、当初の予定通りに散開。

人員の大半が左側へと回り込んだ。

タラスクの前方に立つのは危険で、もし近づいて攻撃するとなると、左右のどちらかから攻めるのが鉄則である。正面からだと先ほどのアンデッドの二の舞になるからだ。

タラスクは正面から近づく敵には、強烈な噛《か》みつきで攻撃することができるが、左右の敵に対処するのは非常に苦手なのである。

身体を保護する甲羅にはまずダメージが通らないため、俺たちはタラスクロードの頭、あるいは手足を狙い、次々と攻撃を放っていく。それも左側ばかりだ。

「オオオオッ！」

甲羅以外も硬質なため、ほとんどダメージにはならないが、それでも攻撃を嫌がり、タラスクロードが身体をゆっくり右側へと回転させ始めた。

「よし、タラスクロードが少し向きを変えたぞ！」

「このまま右回転させていくんだ……っ！」

魔境へ追い払うためには、身体の向きをほぼ百八十度変えてもらう必要がある。極限の緊張感の中、皆の頑張りによってどうにか順調に事が進んでいく——そのときだった。

「オアアアアアアアアッ!?」

タラスクロードが動きを止めたかと思うと、悲痛の叫びを上げて苦しみ始めたのだ。

「攻撃が効いているのか？」

「だが身体は大して傷付いていないぞ？」

「じゃあこの苦しみようは何だ……？」

理由が分からず当惑していると、ボンッ、という爆発音とともに、突如としてタラスクロードの甲羅の一部が弾け飛んだ。

「「……は？」」

俺たちは思わず攻撃の手を止め、呆然《ぼうぜん》と立ち竦《すく》む。すると再び、今度は先ほど以上の勢いで甲羅の一部が爆発。破片が周囲に飛び散り、俺たちの近くにも降ってきた。

「オアアアアアア～～～ッ!?」

自慢の甲羅に大きな穴が空き、タラスクロードは悶《もだ》え苦しんでいる。

そんな中、穴から手が出てきたかと思うと、信じがたいことに白髪のアンデッドが中から這《は》い出してきた。全身に粘性の高い液体が纏《まと》わりつき、思い切り顔を顰《しか》めてはいるが、見たところ無傷である。

まさか、タラスクロードの体内から、甲羅を突き破って出てきたってのかよ？

あの甲羅、下手したらアダマンタイト並みの硬さなんだぞ……？

身体を甲羅ごと貫通させられたタラスクロードは、すぐに苦しむ力すらなくなったのか、そのまま動かなくなってしまう。

どんなに高い自然治癒力を持っていようと、あれでは死を待つだけだろう。

「じょ、冗談じゃねぇ……」

「ば、化け物にも程があるだろ……」

信じがたい光景に誰もが絶望し、中には気を失って倒れる者までいた。

俺もどうにか精神力で意識を手放すことだけは耐えているが、この悪夢から逃げることができるのならば、むしろこのまま気絶してしまいたい。

タラスクロードは動かなくなってしまったが、これで街が救われたと思っている者は一人もいない。あのアンデッドがその気になれば、この小さな街などいとも容易《たやす》く壊滅させられることだろう。

先ほどは勇敢な行動で戦況を覆《くつがえ》したバルダも、今は立つことすらできず地面にへたり込んでいる。

この中で唯一のAランク冒険者であるエスティナに至っては、いつもの高慢な姿はどこに行ってしまったのか、今にも泣き出しそうな顔で呻《うめ》いていた。

アンデッドは不気味な笑みを浮かべ、そのエスティナに近づいていった。

自分でなくてよかったと、バルダが安堵《あんど》の息を吐いている。

「ひぃっ……く、来るなぁっ……こっち、来るなぁ……っ！　まだっ……まだ死にたくないぃいぃいっ！」

エスティナは子供のように弱々しく訴えるが、しかしアンデッドは止まらない。

それどころか、恐ろしい笑顔のまま、

「……殺しは、しない……」

「ひぃぃぃ……っ！」

殺しはしない？

……いや、ただ殺すだけでは済まさない、ということだろう。あの恐怖の笑顔が、はっきりとそう告げていた。

これからどんな恐ろしい目に遭わせられるのか。それを想像したのか、エスティナの下腹部から液体が染《し》み出してくる。どうやら失禁してしまったらしい。

Aランク冒険者のあまりに情けない姿を目《ま》の当たりにしながらも、しかしそれを笑う者など一人もいなかった。

むしろかえって恐怖が増幅したのか、他にも数人が釣られるように液体を垂れ流してしまう。そのまま気絶する者もいた。

遅かれ早かれ、この場にいる全員が殺される。誰もがそう確信する中、何を思ったのか、突然アンデッドが踵《きびす》を返した。

「さ、去っていく……？」

「助かった、のか……」

不可解なことに、アンデッドは俺たちには目もくれず、そのままどこかへと立ち去ってしまったのだった。

俺たちなど、殺す価値などないということか？　あるいは、いつでも殺すことが可能な俺たちを、一人ずつ時間をかけて殺していくつもりなのか……？

その真意は理解できない。だが一つだけ確実に言えることがあった。

たとえ今、助かったのだとしても、これから俺たちは一生あのアンデッドの恐怖に怯《おび》えて生きていくことになる。

遠ざかっていく災厄の背中を、俺は暗澹《あんたん》とした心地で見送るのだった。

◇◇◇

「なんて攻撃だよ……」

やたらと露出の多い女が放った一撃に驚き、俺は思わず呻いていた。地面は隕石《いんせき》でも落ちたように大きく窪んでいる。

まともに頭に浴びた瞬間は、全身を貫くような衝撃が走った。アンデッドなので痛みはないが、さすがにダメージを受けたはずだ。

恐る恐る身体を動かしてみる。……うん、普通に動くな。

頭を触ってみても、怪我《けが》をしている感じはない。一体どれだけ頑丈なんだよ……。

「エスティナさんの本気の攻撃を受けて、無傷だなんて……」

「なんて化け物だ……」

そんな俺を見て、街の前にいた人たちが青い顔をしている。完全に怯えているな……。

恰好《かっこう》や装備などを見るに、恐らく冒険者だろう。よく見たら廃墟《はいきょ》で遭遇した四人組の姿もあった。彼らもまた例外ではなく、愕然《がくぜん》とした顔をしていた。

先ほど攻撃してきた赤い髪の女性も、戦意を失ったように立ち尽くしている。

「ええと……これは逆にチャンスでは？」

攻撃されるよりは、まだ会話ができそうだ。

そうポジティブに考えた俺は、笑顔で彼らに近づいていく。

「「ひぃぃぃ……」」

すると何人かがその場に力なくしゃがみ込んだり、尻餅を突いたりした。

こ、怖くないですよ～？　今はアンデッドになっているけど、元は人間だし、ちゃんと理性もありますよ～？

と、そのときだった。

「うおおおおおっ！」

ひと際体格のいい男が、雄叫《おたけ》びとともに躍りかかってきたのだ。それなりの歳《とし》なのか、頭には白髪が多いが、しかし今にも弾《はじ》け飛びそうなほど筋肉が隆起している。

「掌爆波《しょうばくは》ァァァッ‼」

そして裂帛《れっぱく》の気合いとともに突き出してきたのは、膨大な闘気が生み出す強烈な衝撃波だ。

「～～～っ⁉」

相変わらずダメージこそ受けはしなかったが、俺は大きく吹き飛ばされてしまった。

そのまま大人しく飛ぶに任せていると、数百メートルほど宙を舞い、やがて地面に転がり落ちる。

「か、会話することすら許されないのか……」

あと数メートルにまで接近していたというのに、今や彼らとの距離は何百メートルもある。手酷《てひど》い拒絶を受けてしまったことで、さすがに凹《へこ》んだ。

――ずんっ！

「……？」

背後から聞こえてきた地響き。俺は恐る恐る後ろを振り返った。

「っ⁉」

すると目と鼻の先にいたのは、あの巨大なタラスクである。

離れていても相当な巨大さだと思ったが、こうして間近で見るともはや山。ドラゴンの亜種と言われるだけあって、その口腔《こうこう》には鋭い牙がずらりと並んでいるし、凄《すさ》まじい威圧感だ。

そんな巨大生物と目が合った。

「グルアアアアアッ！」

「ど、どうも……」

進路上にいる俺が邪魔だったのか、巨大タラスクは腹立たしそうに雄叫びを上げると、いきなり首を伸ばしてきた。しかも大きく口を開けて。

い、嫌な予感が――ばくっ！　やっぱり食われたぁぁぁぁぁっ⁉

俺は巨大タラスクに丸呑《まるの》みにされてしまったらしい。中は生臭くて真っ暗で、ざらざらぶよぶよした地面――恐らく舌だろう――の上を転がっていく。

アンデッドと化したせいか、こうした暗闇の中でもある程度は周囲を認識することが可能だ。そのため頭上から鋭く太い牙が迫ってきたのも分かった。

あえて避けないでいると、牙に挟まれて凄まじい力で圧迫されたが、しかし俺の身体《からだ》が噛《か》み潰されるまでには至らなかった。

それでも初めて骨が軋《きし》み、微《かす》かに罅《ひび》が入ったのが分かった。肉の繊維も幾らか潰れたようだ。

しかしそれだけだった。巨大タラスクの牙でさえ、俺にこの程度のダメージしか与えられないとは。

さらにその骨の罅も肉も、すぐさま修復されてしまう。

「頑丈な上に、この自然治癒か……」

自らの身体の異常さに慄《おのの》きながらも、僅かに牙が浮いてスペースが生まれた隙を突いて素早く脱出。舌の上を歩いていくが、ねちゃねちゃとした感触が気持ち悪い。

周囲の臭いも相まって、吐き気を催し始めたそのとき、突然、足元の舌が蠢《うごめ》き出した。

そして急な坂と化したので、俺は口の奥へと転がり落ちていく。

肉壁に何度もぶつかりながら、真っ暗な洞窟のような場所を通過。やがて謎の液体の中へと放り込まれた。

ドロドロとして粘性が強く、やたらと酸《す》っぱい液体だ。めちゃくちゃ気持ち悪い。

「うおえっ……ここは胃の中かっ……」

辛《かろ》うじて残っていた衣服が、トドメとばかりに強烈な胃酸によって溶かされていく。

だが俺の身体そのものにはほとんど影響なさそうだ。

「どうすっかな……？」

胃酸で溶けて死ぬならいいが、どれだけ待てばいいか分からない。

こんなところで長時間も過ごすのは御免だった。

「そう言えば昔の伝説に、小人族の勇者の話があったな。巨大な魔物に食われたけど、体内で暴れ回って脱出したんだっけ」

俺は胃液の中を泳ぎ、近くの肉壁へと辿《たど》り着いた。

触ってみると、かなり硬い。ドラゴンは体内まで硬くできているそうだが、亜竜とされるタラスクも例外ではないらしい。

これでは小人族の勇者のような真似《まね》は難しいかもしれないと思いつつ、俺はひとまず胃の肉壁を殴りつけてみた。バァァァァンッ！　壁が弾け飛ぶ。

「……行けそうじゃね？」

胃に空いた穴から胃酸がドロドロと零《こほ》れ出ていく。

俺は右手に魔力を込めていった。そうして十分な充塡が終わると、今度は助走も付けて肉壁に拳を振るった。ズドオオオオオンッ‼

先ほどの何倍もの穴が空き、さらにはその先の臓器まで吹き飛ばしていた。

「オアアアアアアアアッ⁉」

巨大タラスクの声が体内まで響いてくる。

それから俺は容赦なくタラスクの体内を殴り進んだ。そのたびに肉が弾け、血が飛び散るが、気にせず突き進む。

やがて急に硬質な部分にぶつかってしまった。恐らくここから先が甲羅になっているのだろう。構わず俺は殴りつける。

さすがに先ほどまでのような速さは出せないが、それでも確実に甲羅を削っていくことができた。

そしてついに明るい光が差し込んできた。

空が見える。どうやら甲羅を貫き、外に到達したようだ。甲羅に空けた穴から外へ出る。

ああ、空気が美味《おい》しい。

いつの間にか巨大タラスクの雄叫びは収まっていた。動く気配もない。身体に穴を空けられては、さすがに一溜《ひとた》まりもなかったらしい。図らずも街を救ってしまったようだ。

もしかして俺は街の英雄になったのでは……？

そんな淡い期待は、一瞬で消え去った。

「じょ、冗談じゃねぇ……」

「ば、化け物にも程があるだろ……」

巨大タラスクの周囲には先ほどの冒険者たちの姿があった。甲羅を突き破って脱出して

きた俺を見て、ある者は呆然自失《ぼうぜんじしつ》になって立ち尽くし、ある者は恐怖で歯をがちがちと鳴らしその場にへたり込んでいる。

先ほどの赤い髪の女性もへなへなと座り込んだ。気の強そうな印象だったが、今は目に涙を浮かべ、唇を震わせて「あ、あ、あ……」と呻《うめ》いている。

別に俺は攻撃されたことを怒ってなんかいないんだけどな……。

いや、ちゃんとそのことを態度と言葉で伝える必要があるか。そう考えて、俺は満面の笑みで彼女に近づいていく。

「ひぃっ……く、来るなぁっ……こっち、来るなぁ……っ！　まだっ……まだ死にたくないぃぃぃっ！」

すると彼女は尻餅を突いたまま後退《あとずさ》った。

めちゃくちゃ怖がられてる⁉　いやいや、殺す気なんて全然ないって。

一瞬躊躇《ちゅうちょ》するも、しかし勘違いされたままでは終われない。俺は必死に笑顔を保ったまま、どうにか口を開く。

「……殺しは、しない……」

「ひぃぃぃ……っ！」

しかしかえって強い恐怖を抱かれてしまったようで、彼女の下腹部から液体が染《し》み出し、地面を濡《ぬ》らしていった。

　周囲を見回しても、もはや立っている者すら一人もいない。

　俺を吹き飛ばした巨漢も含め、全員が完全に怯《おび》え切った顔で固まっている。中には意識を喪失している者までいる始末だ。

　……これじゃ、会話するどころじゃないな。

　結局、俺は彼らとコミュニケーションを取ることを諦め、その場から立ち去ることにしたのだった。

「さ、去っていく……？」

「助かった、のか……」

　去り際、後ろからそんな声が微かに聞こえてきた。

◇　◇　◇

「なに？　奴《やつ》の居場所が分かっただと？」

　報告を受けた私は、思わず身を乗り出してしまった。

「はっ、リミュル隊長。調査中の隊員からの報告ですが、かなり確度は高いかと思われます」

優秀な部下であるポルミがはっきりと頷《うなず》く。私よりも経験豊富な二十七歳で、副隊長として未熟な私をサポートしてくれていた。

奴――それは、まさに今、我々が追っている最凶最悪の死霊術師《ネクロマンサー》、グリス＝ディアゴのことだ。

各国から指名手配を受けているこの男が重ねてきた悪行の数々は、どれも口にするのも憚《はばか》られるほど悍《おぞ》ましい。そのため様々な国や組織が幾度となく奴を討伐しようと試みたが、そのすべては失敗に終わっていた。

その組織の一つが、ここ西側諸国で広く信仰されている聖メルト教だ。

教団が誇る救世軍――アルベール聖騎士団に所属する聖騎士たちで構成された我々〝特別聖騎隊〟は、奴の討伐の任務を与えられて、数か月にわたってその足跡を探ってきた。

そしてようやくこの国、ロマーナ王国に奴がいるかもしれないという情報を得て、数日前に入国したのである。

……グリスはかつて、聖メルト教の神官であった。神に仕える身でありながら、信徒を密《ひそ》かに拉致し、そうして死霊術《ネクロマンシー》の実験台にしていたのである。

ゆえに教団は何としても奴を自分たちの手で処罰したいと考えていた。だからこそ、聖騎士の中でも選《え》りすぐりの実力者ばかりを集め、奴の討伐のためだけにこの特別聖騎隊を結成させたのである。

「……」

私はこの任務が始まってからというもの、常に肌身離さず持ち歩いているそれに視線を落とした。この任務を遂行するため、教団の上層部から賜った特別な聖槍だ。

しかも私だけでなく、騎隊の全員に配布されている。

「これがあれば、いかなるアンデッドであろうと容易《たやす》く浄化することが可能だ」

グリスが最も恐ろしいのは、奴が引き連れている強大な力を持つアンデッドたちだ。

かつて英雄として崇《あが》められた者たちが、奴の手足として使役されており、ゆえに迂闊《うかつ》には手を出すことができないのである。

しかし教団が総力を挙げて開発したこの聖槍があれば、どのようなアンデッドであろうと我々の敵ではない。

「必ずや奴を討伐し、教団の汚名を返上して見せるぞ」

「はっ」

第三章　同族に遭遇した

「はぁ……どうやったら警戒されずに済むんだろうか……」

せっかく見つけた街から逃げるように立ち去った俺は、歩きながらずっと考えていた。

撒《ま》き散らしていた魔力はちゃんと抑え込んでいたはずなのに、いきなり攻撃されたり、怯えられたりと、まったく会話ができそうな様子ではなかった。

あんなに友好的な笑顔で近づいていったっていうのに……。

やっぱりこのボロボロの格好がいけないのだろうか？

元から酷《ひど》かったのに、タラスクロードの胃酸に溶かされたことで、もはや大事な部分をギリギリ隠すだけで精いっぱいといった有様《ありさま》だ。

「まぁでも、あの四人組の冒険者も一緒だったからな……。俺が危険なアンデッドだと、間違った情報が先に伝わってしまっていたからかもしれない」

俺はそんなふうに考え、自分を納得させようとする。

……原因は不明だが、俺はアンデッドでありながらなぜか自我を取り戻していた。

だが――いや、だからこそ、俺は「早く死にたい」と考えている。

世の中には、不死の身体《からだ》を求める者は多い。昔、偉い王様がそのために莫大《ばくだい》な懸賞金を提示し、冒険者たちに世界中を探索させたという話があるほどだ。

しかし偶然それを手にしてしまった俺にとっては、苦痛以外の何物でもなかった。俺は一刻も早く永遠の眠りにつきたいのだ。

けれどそうする為の方法が分からない。この身体は異常なほど頑丈な上に、高い再生能力まで有しているらしく、簡単には死ぬことができないようなのだ。

正直、俺一人ではお手上げである。だからこそ誰かに協力を仰ぎたいし、どうにかして警戒されずにコミュニケーションを取る必要があった。

「それにしても、村も街も全然ないな……」

いつの間にか荒野は終わっており、見渡す限りの草原となっている。

しかし行けども行けども、人が住んでいる気配がまるで感じられない。

気が付けば日が暮れ始め、夜になっていた。曇っているのか、空には星一つない。

「なのに……見える」

辺りは真っ暗闇となってしまったが、周囲をしっかりと見渡すことが可能だった。アンデッドになったことで、暗視の能力を得たのかもしれない。

もちろん睡眠も必要ないため、この闇夜の中でも歩き続けることができるだろう。
だが俺は少し休息を取ることにした。景色が変わらない中をずっと進んでいると、心の方が参ってしまいそうだった。

「火をつけよう」

生前の冒険者時代の野宿を思い出して、俺は枝葉を集めてきて焚《た》き火をすることにした。
そう言えば、当時は魔物が嫌う臭いを発生させる草を一緒に燃やしていたっけ。
だが今は持っていないし、そもそも魔物が来たところで問題ないよな。
そんなことを考えながら、俺は魔法で着火しようとする。俺は剣士だったが、冒険の際に必須だったので、基本的な火魔法くらいは習得していた。

「ファイア」

あくまで、小さな種火を作り出す程度の超初歩的な魔法——だったはずなのだが。
ゴオオオオオオオオオッ！　猛烈な火柱が立ち上がり、集めた枝葉が一瞬で消失した。

「……は？」

呆気《あっけ》に取られて、俺はしばしその場に立ち尽くす。

「え？　ちょ、どういうことだ……？　ファイアボールを使ったわけじゃないよな……？」

俺が使えるは、せいぜい初級のファイアボールまでだった。

だがファイアボールにしても、今のは威力が強すぎる気がするんだが……。

「もしかして、魔力量そのものが増えたからか？　となると、以前と同じ感覚だとダメか」

そのことに思い至り、俺はなるほどと得心する。どうやら軽く魔力を込めたつもりでも、かなりの魔力を使ってしまったようだ。

「しかしこれ、もし全力でファイアボールを放ったらどうなるんだ？」

……試してみようか。幸い周辺には人っ子一人いない。

「ファイアボール」

ゴオオオオオオオオオオオオオオオオオオオオオオオオッ!?

「っ!?」

一瞬、太陽が落ちてきたのかと思った。目の前が真っ赤に染まり、巨大な火炎球が草原を焼き尽くしながら猛スピードで飛んでいく。

大きさは通常のファイアボールの百倍、いや、それ以上だ。

しかも普通はせいぜい百メートルもすれば消失してしまうというのに、遥《はる》か彼方《かなた》まで飛んでもまだ消える気配はない。

巨大ファイアボールが通った後の地面は、石がドロドロに溶けて液体と化してしまっていた。

「……あの先に街なんてないよな？」

顔を引き攣《つ》らせ、俺はそうであることを祈った。

と、そこで俺はあることを思いつく。

「この炎なら自分を焼き尽くせるんじゃないか？」

確かめることに躊躇《ちゅうちょ》などなかった。俺は自分の方向に手のひらを向けると、先ほどとは違い、放出せずにその場に留《とど》めるイメージで魔法を発動する。

「ファイアボール！」

次の瞬間、視界が赤く染め上がった。

燃え上がる炎の中で、俺は呟《つぶや》く。

「……やっぱダメか」

少し肌の表面が焼けるが、それも一瞬で元通りに再生されてしまう。

やがて炎が収まったとき、俺はまったくの無傷でその場に立っていたのだった。

「って、服が完全に燃えちまった……っ⁉」

自分の身体を確認して、俺はようやく自らの失態を悟る。生前の頃からの衣服が今の炎で燃やし尽くされ、俺は一糸纏《まと》わぬ裸体となってしまったのだ。

これでは誰が見ても変質者である。人と会話するどころではない。

「どうにかしないとな……」

それからひたすら歩き続け――やがて遠くに微《かす》かな明かりが見えてきた。

「……街だ」

ようやく街を発見することができた。防壁の向こう側から光が漏れてきていることから、廃墟《はいきょ》などではなくちゃんと人が住んでいるはずだ。

……まだ夜が明けるまで時間がある。今のうちに街の中に侵入してしまおう。

本来ならちゃんと門を通って中に入るべきなのだろうが、今の俺は全裸だ。衛兵に上手《うま》く説明できる気がしないし、怪しまれて入場を拒否されるかもしれなかった。

防壁の高さは三メートル以上あった。だが俺が地面を蹴ると、軽くその倍は跳躍することができ、易々《やすやす》と壁を飛び越えてしまう。地面に静かに着地する。

「……よし、気づかれていないはずだ」

耳を澄ませてみても、足音一つしない。俺はひとまず壁を背にして歩き出した。

それにしても一体どれくらいぶりの人が暮らす街だろう。

ダンジョンを彷徨《さまよ》っていたのは永遠にも感じられる時間だったが、実際のところそれがどれだけの期間だったのか、自分ではよく分からないのだ。

「何だ、これは……？」

暗闇を照らす謎の物体の前で、俺はふと足を止めた。

恐らく防壁の外にまで漏れていたのはこの光だろう。

俺はそれを篝火《かがりび》だとばかり思っていた。しかし今目の前にあるのは、空に向かって細長く伸びる棒と、その先端に取り付けられたランタンらしきものだ。

そのランタンから光が出ているのだが、俺が知っているランタンのように炎が燃えているわけではない。

それなのに周囲をしっかりと照らす強い光。しかも炎のような揺らぎもなく、安定して明かりを提供し続けている。

「あの部分だけならダンジョンに持っていくのに便利そうだな」

一般的に、明かりが必要なタイプのダンジョンでは、松明《たいまつ》か、もしくは火の魔法で光源を確保するものだが、前者だと持ち運ぶのが大変だし、後者だと魔力を消費し続けなければならないのだ。

まぁアンデッドとなって夜目が利《き》くようになった俺には、どのみち必要のないものだが。

さらに街中を歩いていると、俺は他にも見慣れないものを発見した。

「これは馬車か？　不思議な形だな。しかもハーネスを付ける場所がないぞ……？」

一見すると屋根付きの馬車のようで、車輪も付いているのだが、これでは馬が引くことができそうにない。加えて御者台も見当たらなかった。

中を覗《のぞ》き込むと、前部に船の操舵輪《そうだ》のようなものが取り付けられている。

一体、何のために使うのだろうか？

「……知らない間に不思議なものが作られたんだな」

考えてみれば、あの大都市バルカバが廃墟になってしまったほどだ。

もしかしたら俺が思っている以上に長い年月が経《た》っているのかもしれない。

と、そこで俺は探していた建物を発見する。

「……服屋だ」

悪いと思いつつも、俺は無理やり鍵を壊して店内へと忍び込んだ。

もちろん衣服を調達するためだ。ただでさえ会話が苦手な俺にとって、全裸であるという最悪な第一印象を拭えるほど器用な真似《まね》は絶対できない。

せめてちゃんとした服装をしていれば、俺の話を聞いてくれる人も現れるかもしれなかった。

俺は陳列されてあった服から適当なものを選び、身に着けた。店内にあった鏡に自分の姿を映してみる。

……よし、これならきっと大丈夫なはずだ。

髪と目の色を除けば、どこにでもいる普通の青年にしか見えない。

だが、念には念を入れておこう。ついでに帽子も被《かぶ》っておけば、髪と目もある程度は隠すことができるはず。

こうして身なりを整えた俺は、誰とも知れない店主に心の中で謝罪しつつ、店を後にした。完全な泥棒だが、せめてもの代償として、ここに来る途中で倒した魔物の素材をカウンターの上に置いておいた。たぶん売れば盗んだ服以上の値段にはなるだろう。

「これで堂々と歩けるはずだ」

と言っても、まだ夜中なので確かめることはできない。朝になって人が増えてきたら、まずは何食わぬ顔で街中を歩いてみるとしよう。

「……ん?」

何だ？　この感じは……？

不意に不思議な感覚に襲われて、俺は立ち止まった。

「こっちの方からか……？」

何かに誘われるように、俺は身体の向きを変えて再び歩き出す。自分でもよく分からないが、その方角に行ってみたいという気持ちになってしまったのだ。

決して嫌な感じではない。むしろ誰か親しい間柄の相手がそこにいるかのように、心が惹《ひ》かれる感覚だった。

しかし心当たりは何もない。

俺はできるだけ魔力と気配を消し、この感覚に任せて進んでいく。

やがて、とある一軒家へと辿《たど》り着いた。

人気は感じられない。どうやら無人のようだ。だが俺の直感はこの家の中に何かがあると告げている。窓には鍵がかかっておらず、俺はそこから家屋へと侵入した。

けれど、どれだけ家の中を探しても何も見つからない。

「おかしいな？　ただの気のせいか……。いや、何となく下の方の気がするな……」

そう思って床を調べていると、不自然な取っ手を発見した。手前に引っ張ってみると、そこに現れたのは地下へと続く階段だ。

「なんかお化けが出そう……って、アンデッドの俺がお化けを怖がってどうする」

俺はそう開き直り、階段を下りていった。その先は地下室になっており、

「な、何だよ、これは……？」

端的に言えば、ここは拷問部屋のようだった。

あちこちに置かれた数多くの危険な器具や武器の類。そのどれもが真っ赤な血で汚れており、実際にここで悍《おぞ》ましい行為が行われたのだと推測できる。しかもそれは、周囲に満ちる濃厚な血の匂いから考えるに、そう昔のことではなさそうだ。

よく見ると血が完全に乾き切っていない個所《かしょ》もあり、どうやらほんの少し前に流されたものらしい。

そして部屋の端っこに無造作に積み上げられているのは——無数の人間の死体。

俺がアンデッドでなければ、きっと嘔吐《おうと》していたことだろう。

「見た、な……」

「っ！」

俺は振り返った。

そこにいたのは腰に剣を提げた三十がらみの男だ。彫りの浅い顔立ちで、長い髪を頭の後ろで一束に結んでいる。細身ながら研ぎ澄まされた刃のような鋭さがあって、それだけで相当な使い手であることが俺には分かった。

だが、男からはまるで生きている気配が感じられなかった。よく見ると、瞬《まばた》きや呼吸を一切していない。

「まさか、アンデッドか……？」

俺はそう直感する。そして先ほどから気になっていた感覚の正体を理解した。

なるほど、どうやら俺は目の前のアンデッドに誘引されるような形で、この場所にやってきたらしい。

相手はどうか分からないが、アンデッドとなった俺には同族の居場所を察知する能力が備わっているのかもしれないな。

「なに……？　お前もアンデッドだというのか……？　確かに、生きている気配を感じないが……」

向こうも気づいたらしい。それにしても俺以外にも会話ができるアンデッドがいたとは驚きだ。俺は同族に親近感を覚え——

……待て。俺は頭を振って、その感覚を無理やり振り払った。

こいつは俺とは違う。見ろ、この部屋を。恐らくあの死体はこいつの仕業だ。

その証拠に、奴《やつ》は今、若い女性の足を摑《つか》んで片手で引きずっている。胸が微かに上下しており、彼女にはまだ息があるようだった。

「……その人をどうするつもりだ？」

「できる限り苦しませて、殺す」

問うと、淡々と非情な答えが返ってきた。

「何でそんなことをする？」

「ご主人様のご命令……それ以外に理由などない」

「ご主人様だと？」

長髪アンデッドは、まるで神でも称《たた》えるように、恍惚《こうこつ》とした顔で言ったのだった。

「我らが王、グリス＝ディアゴ様……。あのお方に捧《ささ》げるに相応《ふさわ》しい死体を、ここで作っているのだ……」

……どうやらこいつは俺とは相容《あいい》れないアンデッドらしい。

グリス＝ディアゴ様？　無論、そんな名前は聞いたことがない。

「いや、誰だよ、そいつ……」

「貴様っ、アンデッドだというのに、あの方を知らぬのというのか……っ⁉」

もしかして有名な奴なのだろうか？　だが俺は最近までダンジョンに潜っていたのだ。

知らなくても仕方ないと思う。

「我らがご主人様にして、アンデッドの王――いや、この世界の王となるべきお方だ……っ！　その偉大なるお力によって、私はこの世界に舞い戻ったのだ……っ！」

長髪は誇らしげに告げる。

「よく分からんが……死霊術師《ネクロマンサー》みたいな奴ってことか？」

そもそも死霊術《ネクロマンシー》自体が禁忌の魔法だ。ロクな奴ではなさそうである。

「あのお方をそこらの下等で低俗な死霊術師どもと一緒にするな……っ！」

……怒られてしまった。

「まぁいい……いずれ貴様も理解できるだろう」

そう言って、長髪アンデッドは意識を失った女性を拷問器具のところへ運んでいこうとする。いや、ちょっと待てよ、と思いながら俺はその前に立ち塞がった。

「何のつもりだ……？」

「何のつもりも何も、何で俺が見過ごすと思っているんだよ？」

「貴様、アンデッドのくせに邪魔をする気か……？」

「いや、そもそも勝手に仲間扱いしないでくれ」

俺は嫌悪《けんお》感を露《あら》わに、はっきりと告げた。

それにしても相手がアンデッドだからか、我ながらスムーズに会話ができている気がする。……できればもっと楽しい会話がしたかったけどな。

「だいたい人殺しは駄目だろ」

って、アンデッドにそんな陳腐な道徳を説いても仕方ないか。

案の定、長髪アンデッドは鼻を鳴らすと、

「笑止……。アンデッドが生死の道理を語るとは……」

こっちもアンデッドに小馬鹿にされるとは思ってなかったよ。

「邪魔をするというのなら容赦はしない──〝縮地斬り〟」

次の瞬間、長髪アンデッドの姿が掻《か》き消えたかと思うと、いつの間にか目の前にいた。

しかもすでに剣──細い片刃でよく見ると僅かに曲がっている──を抜いており、俺の首を狙って鋭い斬撃が放たれる。パキンッ！

「なに……っ⁉」

折れた剣先が宙を舞った。逆に俺の首には傷一つ付いていない。

「馬鹿な……？　なぜ、斬れなかった……？」

カラン、と剣先が地面に落ちる。

その音で目を覚ましたのか、気を失っていた女性が瞼《まぶた》を開いた。

「こ、ここ、は……？」

怯《おび》えた顔で周囲を見回す女性へ、長髪アンデッドは告げる。

「……起きたか。これより、貴様に地獄のごとき苦しみを与える……。思う存分、恐怖し、憤《いきどお》り、そして強い憎しみを抱くのだ……。そうすれば、我が主が望む死体となり得るかもしれぬぞ……」

「ひぃっ!?」

「おい、早く逃げろ！　こいつは俺が何とかする！」

「は、はひぃっ……」

俺が怒鳴りつけると、腰を抜かしながらも女性は這《は》うようにして地下室の出口へと向かおうとした。しかしその足を長髪アンデッドが摑む。

「逃がすものか……。無為な生を送るより、偉大なるあの方の供物《くもつ》になれることの方が遥《はる》かに幸運……。つまりお前は選ばれたのだ……。その栄誉を感謝とともに受け入れるがよい……」

「謎の論理を押し付けるなって」

俺は女性を摑んでいた長髪アンデッドの腕を叩《たた》き落とそうとする。バァンッ！

……ちょっと強く叩き過ぎたのか、腕が破裂した。

予想外のスプラッタに、女性は顔を真っ青にして叫ぶ。

「ひいいいいいいいっ!?」

一方、長髪アンデッドは驚愕《きょうがく》したように目を見開いて、

「何だと……？　貴様、先ほどのことといい、やはり並のアンデッドではないな……？」

「だとしたら何だっていうんだ？」

「私を妨害したことは許してやる……その代わり一緒に付いてくるがいい……。あのお方の元へと案内しよう……貴様は眷属《けんぞく》の一人となれるかもしれぬ……」

まさか勧誘？　いやいや、どう考えても御免である。

「お断りだ」

俺はそう断言すると、長髪アンデッドの腹に蹴りを見舞った。

「ぐおっ⁉」

そんな声を漏らしながら吹き飛び、地下室の壁に思い切り激突する——ぐしゃっ！

……うわ、潰れちゃったよ。

しかもよく見ると腹が抉《えぐ》れ、上半身と下半身が分離しそうになっている。

今のもそこまで強く蹴ったつもりはないのだが……。

「ええと……倒したのか？」

「グリス様の眷属である私が、この程度で倒されるはずがなかろう……っ！」

うおっ、動き出しやがったっ！

「この身体《からだ》は特別製なのだ……っ！　これくらいすぐに修復される……っ！」

その言葉通り、あっという間に元の姿へと戻っていく。

その間に女性は地下室から脱出していた。こいつの注意も俺に向いているようだし、今のうちにどこか遠くまで逃げてほしい。

「どうだ……っ！　素晴らしいだろう……っ！　これこそが我が主の絶大なる力の証《あかし》……っ！　私は頭を破壊されようが、身体の大半が消失しようが、必ず復活する……っ！　まさに不死身のアンデッドと化したのだ……っ！」

「え？　何でそんなに嬉《うれ》しそうなんだ……？　むしろ死ねないと困るだろ？」

こっちは死ねないせいで大いに苦労しているというのに……。

……しかし、本当にこいつは何をしても死なないのか？

俺はそもそもダメージすら負わず、無敵と言っても過言ではない状態だが、この長髪の身体は普通に脆《もろ》い。

もしこいつがどんな状態からでも復活できてしまうというなら、そして俺にもその再生能力があったとするなら……俺が死ぬのはますます難しいということになってしまう。

ちょっと試してみるか。

「ファイアボール」

「っ⁉」

俺が放った火魔法で、長髪アンデッドの身体が猛烈な炎に包まれた。

その超高熱であっという間に肉が溶け、骨が見えてくる。

「無駄だ……っ！　たとえ炎で焼かれようと、私は必ず再生する……っ！」

しばらく炎の中で勝ち誇ったように叫んでいたが、声帯も焼き尽くされたのか、すぐに静かになった。

煌々《こうこう》と燃え続ける炎の中で、完全な骨と化した身体が地面に崩れ落ちる。そしてその骨も炭化していく。

やがて炎が消え、そこにはただの灰の塊が残るだけとなってしまった。

「……」

しばらく待ってみたが、再生する気配はまったくない。

「ここまで焼き尽くされたら、さすがに復活は不可能なのかもな？」

◇　◇　◇

「恐怖で歪《ゆが》んだ死に顔……泣きながら懇願する死に顔……理不尽への憤りで満ちた死に顔……復讐《ふくしゅう》を果たせない無力感に絶望した死に顔……ああ、どれも甲乙つけがたいねぇ……」

芸術品でも扱うような手つきで死体の顔という顔をうっとりと眺めながら、青年は吐息混じりに呟《つぶや》く。

細身で背が高く、儚《はかな》さを醸《かも》し出す端整な顔立ちをしている。そのせいか、死体を嬉しそうに確認しているという悍《おぞ》ましい状況ながら、美しい絵画の中の光景だと錯覚してしまいそうだった。

青年の名はグリス＝ディアゴ。

死体をこよなく愛する死霊術師であり、国際的に指名手配されている凶悪犯罪者である。

墓に眠る死体をアンデッドとして蘇《よみがえ》らせるばかりか、生きた人間を何人も殺してきた。

判明しているだけでも被害者は百人を軽く超えているが、実際にはその数倍はいる。

……彼自身は殺した人間の数などいちいち覚えていないが。

「――っ⁉」

上機嫌だったグリスが突然、目を大きく見開く。わなわなと唇を震わせ始めた。

「どうなされましたか、グリス様？」

「主君……？」

「だ、大丈夫ですかっ？　もしやお身体に何か不調が……っ⁉」

異変に気づいて三者三様ながら心配そうに声をかけたのは、グリスが使役する数多くのアンデッドたちの中でも、特に寵愛《ちょうあい》している〝傑作〟たちだった。

グリスが〝九死将《きゅうししょう》〟と名付けた彼らは、例外なく生前に類まれな武勲を遺《のこ》した英雄たちである。無論その数は九体だ。

「ソウが……九死将が、やられた……」

グリスがわざわざ東方の島国にまで赴き、そこでアンデッドとして蘇らせた武者、ソウ。

その魂――霊体が消滅したことを、グリスは遠くに居ながら察知したのである。

「あああああっ！　なぜだっ⁉　なぜなんだっ⁉」

グリスは慟哭《どうこく》した。滂沱《ぼうだ》の涙を流し、追悼の叫びを上げる。

「ソウ！　もはや君の冷たい身体を抱き締めるどころか、会うことすらできないなんて！

そんなことあっていいはずがないだろうっ⁉」

「「グリス様……」」

「うわあああああああああああっ！」

しばらくの間、グリスの大声が辺りに木霊《こだま》する。

そして数分後。ようやく静かになったかと思うと、

「うん、すっきりした～♪」

グリスの顔には笑みが戻っていた。それどころか、まるで何事もなかったかのように、
あっけらかんと言う。

「ま、いなくなっちゃったものは仕方ないよね。それに九死将と言っても、あれは所詮、末席だし。次はもうちょっといい素体を探そう」

先ほどまでの慟哭が嘘《うそ》のようなグリスに、眷属のアンデッドが問う。

「ですが、貴女様《あなたさま》のお力で、我々の肉体は無限に再生するはずでは……？」

グリスは首を振った。

「それは霊体が残っていたならばの話だね。ソウは恐らく、その霊体ごと消滅させられたみたいだ。これじゃあ、幾ら僕だって復活させるのは無理だね」

「そ、そんなことが可能なのですか……？」

「ほぼ不可能……のはずなんだけどねー。まさか、この僕の術が破られるなんて」

グリスの強力な死霊術《ネクロマンシー》を打ち破り、霊体そのものを破壊するなど簡単なことではない。

ましてやソウは東方剣術を極めた達人だ。

敵の気配を察知する能力にも優れており、奇襲は難しい。

その上、彼我の距離を一瞬で詰める〝縮地〟という技を使い、そこから繰り出す斬撃はほぼ回避不能。つまり正面からの戦闘で、彼を上回るのは容易なことではない。

「考えられるとしたらメルト教の聖騎士団かな？　僕を本気で討伐しようと選《え》りすぐりの聖騎士たちを集めて作った討伐隊が、どうやらすぐ近くまで来ているみたいだし」

グリスは推測する。

これまで何度かメルト教の聖騎士による襲撃を受けたが、そのたびに返り討ちにしてきた。だが今回はこれまで通りにはいかなそうだ。

「末席とはいえ、僕が死霊術の奥義《おうぎ》で作った九死将の一体を倒しちゃうなんて、思っていたよりやるじゃないか。だけど他の九死将たちはそう簡単にはいかないよ？　それに、開発中の奥の手もあるしねぇ……」

巨大教団を敵に回しながらも、グリスは楽しそうに嗤《わら》う。

「ふふふ、むしろ楽しみだ。信仰に厚い聖騎士を僕のアンデッドにしちゃって、神に背く行為を強制させる……。背徳的で想像するだけでぞくぞくしてきちゃうよねぇっ！」

……このときの彼には考えつきもしなかった。

彼の傑作が一つ失われてしまったのは、教団とはまったく無関係な、とあるアンデッドのせいであったことなど。

◇◇◇

「やっぱり再生しないな……」

長髪アンデッドが燃え尽きた後の灰を二時間以上も眺めていたが、結局、復活する様子はまったくなかった。

放っておくと危なそうなアンデッドだったので、念のためここまで粘ってみたが……さすがにもう大丈夫だよな？

「あれだけ焼かれても問題ないとか豪語してたのに……ぶふっ」

自信満々に宣言していた姿を思い出して、思わずちょっと笑ってしまった。

「さて、そろそろここから出るか。……しかし、これはどうすれば？」

俺が目を向けたのは、地下室に積み上げられた無数の死体だ。当然だがもう助けようもないが、このまま放置しておくのも可哀想《かわいそう》である。

「ただ……外に運び出したら確実に俺が怪しまれるよな？　ましてやアンデッドだとバレたら、もはや疑いを解くことなんて不可能だ」

せっかく服を拝借してまで綺麗な格好になったのだ。これなら騒ぎになることなく街を歩けるか、確かめてみたい。

「……許せ」

俺はそう軽く謝って、死体は置いていくことにした。たぶん逃げたあの女性が街の衛兵に通報するだろうし、そのうち発見されるはずだ。

廃屋を出るとすでに夜が明けていた。早朝の冷たい空気の中、まだ静かな街を歩き出す。

「っ……人だ……」

前方から朝の散歩中と思われる中年男性が近づいてきた。

大丈夫だ。今の俺は服装がちゃんとしている。帽子も被《かぶ》っているし、アンデッドだとバレるはずがない。

そもそも朝っぱらから太陽が苦手なアンデッドが街中を歩いているなんて、誰が想像できるだろうか。

緊張とともに男性とすれ違う。

「……？」

一瞬、不思議そうにこっちを見てきたが、男性はそのまま何事もなくすぐ横を通り過ぎて行った。

よし、上手《うま》くいったぞ！

俺は思わず拳を握り締める。これなら街中を堂々と歩くことができそうだ。

それから太陽が昇るにつれて、段々と街が活発になってきた。人通りも増えてくる。

そんな中、俺は胸を張って大通りを闊歩《かっぽ》していた。

先ほどから何度も人とすれ違っているのだが、足を止める者は一人もない。今や俺は、完全に普通の人たちの中に紛れ込んでいる。

これはもしかして帽子を取っても大丈夫なのでは？

自信を持った俺は、さらに挑戦してみたくなった。白髪は珍しいが、いないわけではないし、赤い目はこの昼間ならほとんど目立たないだろう。

そう考えて、思い切って帽子を脱いでしまおうと頭に手をやりかけた、そのときだった。

ブオオオンッ、と後ろから響いてきた重低音。

一体何事かと振り返った俺が見たのは、あの屋根付きの馬車のようなものだった。

「動いている……っ？」

馬も御者もいない。それなのに車体を震わせながら、こちらに向かって走ってくるのだ。

「凄《すご》い……」

プ～～～～～～ッ‼　うおっ、いきなり鳴いた⁉

耳をつんざく音とともに、それは俺のすぐ目の前で停止した。小太りの男性が中から顔を出し、怒鳴ってくる。

「おい、邪魔だぞ！　早くどけ！」

「あ……すん……せん……」

どうやら進路を妨害してしまったようだ。俺はすごすごと道を空ける。そのとき男性が俺の顔を覗《のぞ》き込んで、大きく目を見開いた。

「っ……真っ白い髪に、赤い目っ……」

しまった！　見られてしまった！

だがどのみち帽子を脱いでみようと思っていたくらいだ。想定範囲内である。

少し変わった見た目というだけで、俺をアンデッドだとは思わないはず。

「け、今朝の新聞に載っていたのは、本当だったのか……っ？」

ん？　シンブンって何だ……？　そんな疑問を抱きつつも、俺は人畜無害であることをアピールすべく、笑顔を見せた。にこ～。

「こ、この恐ろしい笑みっ⁉　やはり新聞に書いてあった通りだ……っ！」

突然、男性が何かを向けてきた。拳大ほどで、L字形をしている謎の物体だ。

パァンッ！　そんな何かが破裂したような音とともに、俺の眉間を石塊《いしころ》のようなものが直撃していた。

石塊は跳ね返って近くの建物の壁にめり込む。思っていたより威力があったみたいだが、俺に痛みはない。

「……？」

今のは一体何だったんだ？　俺が首を傾《かし》げていると、

ブルオオオオオオオッ！　という轟音《ごうおん》が響き渡り、謎の馬車が急に動き出した。

そして角のあたりが腰に激突して、俺は弾《はじ》き飛ばされてしまう。

もちろん痛《いた》くも痒《かゆ》くもなかったが、いきなり発進するなんて危ないな。

これは推測だが、たぶん中に乗っている男性が操って動かしているのだろう。

ぶつかったことを謝ることもなく、猛スピードで走り去っていくなんて。

しかしまぁ、この程度で怒るほど俺は狭量《きょうりょう》な人間ではない。……今はアンデッドだが。

周りにいた人たちが心配そうな顔で俺に注目している。そんな彼らへ、無傷だから大丈夫だと、俺は笑顔を向けた。にこ～。

「「「ひぃっ⁉」」」

あれ？　何でみんなして顔を引き攣《つ》らせて後退《あとずさ》ったんだ？

そのとき誰かが声を震わせて叫んだ。

「は、白髪赤目……まさか、新聞の……っ？」

「お、俺も読んだぞ……っ？　〝笑う不死者〟だ……っ！」

そこで俺はいつの間にか帽子が足元に落ちていることに気づく。石塊が眉間に当たったときか、その後、弾き飛ばされたときに脱げてしまったのだろう。

それにしてもまたシンブンだ。さっきの小太りの男性もそんな言葉を口にしていたが、生憎《あいにく》と俺はそれを知らない。

「こ、殺されるっ⁉」

「に、逃げろぉぉぉっ！」

何人かがそう叫んで走り出すと、それを皮切りに次々と人々が悲鳴とともに逃げていく。

「ま、待ってくれ……お、俺は……怪しいやつじゃ……」

必死に訴えようとするも、会話の苦手な俺には、もはやこの状況をどうすることもできなかった。

それにしても、この白髪と赤目だけでここまで怯《おび》えられるなんて……。

しかも何人かは、まるであらかじめ見知っていたかのような反応だった。

「すでにこの街にまで情報が伝わっているのか……？　だが俺の移動より早いなんて……一体どうやって……？」

そう言えば、遠く離れた場所へ一瞬で移動する魔法があると聞いたことがある。

それを使える魔法使いが、偶然にも二つの街を行き来していたのかもしれない。

「……いずれにしても、もうこの街にはいられそうにないな」

◇◇◇

私の名はジェームス。父が設立した小さな商会を、たった一代でこの都市ダーリで有数の商会にまで成長させた男だ。

そしてこの私の経営手腕にかかれば、いずれこの国一の大企業にすることも可能だと自負している。

「それにしてもこの自動車と呼ばれる魔導具は便利だな」

高い金を払って購入したが、仕事上、街中を移動することが多い私にとって、非常に良《い》い買い物だったように思う。

自動車。近年、これまで主流だった馬車に代わり、世界各国で急速に普及し始めている画期的な魔導具だ。

魔力を動力源としているため維持費は高くつくが、馬や御者が不要なため、馬車と比べると幾らかマシだ。操縦も比較的簡単で、この私でも少し練習すればすぐに自在に乗り回すことができるようになった。

今日も私はこの自動車を操縦し、自宅から商会事務所へと向かっているところである。

「む？」

すると前方に、道のど真ん中を堂々と歩く者がいた。

音で気づいたらしくこちらを振り返ったが、なぜかその場に留《とど》まったままだ。

プ～～～～～～ッ‼

私は警笛を鳴らした。しかしそれでも道を空けようとしないので、私は仕方なく自動車を停止させると、窓から身を乗り出して怒鳴った。

「おい、邪魔だぞ！　早くどけ！」

「あ……すん……せん……」

帽子を深く被っていて顔はよく見えないが、どうやら若い男のようだ。

ぼそぼそと聞き取りにくい声で何かを言ってから、男は大人しく道の脇へと寄った。

一体どんな輩《やから》なのだと、私は通り過ぎるときに帽子の中を覗き込んだ。

――そして見てしまった。

「っ……真っ白い髪に、赤い目っ……」

私の脳裏に浮かんだのは、つい先ほど自宅で朝食を取りながら読んだばかりの新聞の記事だ。

【災厄級《カラミティ・クラス》アンデッド出現か】

世界有数の魔境として知られる〝エマリナ大荒野〟。そこから最も近い街であるコスタールで、24日、白髪赤目のアンデッドが発見された。

冒険者ギルドによると、BランクやAランクの冒険者たちが対峙《たいじ》するも、あらゆる攻撃が通じなかったことから、未知のアンデッドと断定。折しもコスタールへ接近中であった大災害級《ディザスター・クラス》の魔物タラスクロードに食べられたが、驚くべきことに硬い甲羅を突き破って脱出したという。

しかしその後なぜか姿を消した。なお、コスタールに被害は出ていない。

冒険者ギルドはこのアンデッドを、冒険者たちを震撼《しんかん》させたその不気味な笑みにちなみ〝笑う不死者〟と暫定的に命名。

さらにはその危険度を「災厄級」に指定すべきと主張しているが、未《いま》だ具体的な被害がない状況のため、王国政府は慎重な姿勢だ。

同アンデッドと対峙した一人、Bランク冒険者のアバン氏は、「我々が助かったのはただ運が良かっただけだ。あのアンデッドはその気になれば、いつでも人類を滅ぼせるだろう」と語っている。

「け、今朝の新聞に載っていたのは、本当だったのか……っ?」

私は戦慄する。

……いや、まだそうと確定したわけではない。

普通の青年が白く髪を染めているだけかもしれないし、赤い目だって何か特殊な方法で色を付けているのかもしれない。

と、そのときだった。

にこ～。

「こ、この恐ろしい笑みっ⁉　やはり新聞に書いてあった通りだ……っ!」

〝笑う不死者〟。まさにその名に相応《ふさわ》しい、見た者を魂の底から震え上がらせるような笑みを浮かべたのだ。

次の瞬間、私は咄嗟《とっさ》に隠し持っていたそれを握っていた。

後から考えれば、むしろ危険極まりない行為だったと思うが、このときの私は恐怖のあまり動転していたのだろう。

私がそのアンデッドに向けたのは魔導拳銃だ。小型で軽量なため携帯性に優れた魔導具で、商売敵に命を狙われた際の護身用として使っている。

ここ最近の魔導拳銃は、開発競争により威力と命中性がかなり向上しており、オークく

ファンタ
魔道にすべてを捧げた少年たちの
熱き学園バトルファンタジー開幕！
新作！
我が魔道書は此処に在り
没落貴族と魔道学院
著：大黒尚人　イラスト：白井鋭利
闇討ちを受けて壊滅した没落公爵家の令嬢ルネと騎士アルト。貴族の誇りである魔道書を毀した宿敵を伐ち、家門を再興すべく、ふたりは波乱と激動の魔道学院に入学する。気高き使命と矜持を胸にふたりは学院を駆ける！
最強のアンデッドになった冒険者は敵を駆逐し、世界を掌握する！
新作！
ただの屍のようだと言われて幾星霜、気づいたら最強のアンデッドになってた
著：九頭七尾　イラスト：チワワ丸
ダンジョンで力尽きてしまった冒険者・ジオン。死んだはずだった彼だったが、アンデッドとして2度目の生を教授することに。どんな魔物も一撃で殲滅させる不滅の存在になった彼は気づけば世界を掌握する存在に!?

デート・ア・ライブIV
DATE A LIVE
アニメ制作決定!!
さあ――
みんなの望んだ戦争《デート》を
始めましょう
公式サイト https://date-a-live4th-anime.com
イラスト／つなこ
最悪の精霊が織り成す最高潮の戦争《デート》記録――
11月13日全国劇場にてイベント上映!!
監督:中川 淳　脚本:東出祐一郎
キャラクターデザイン:中村直人
アニメーション制作:GEEKTOYS
CAST
時崎狂三:真田アサミ　白の女王:大西沙織
緋衣響:本渡楓　蒼:伊瀬茉莉也
指宿パニエ:日高里菜　佐賀繰唯:瀬戸麻沙美
土方イサミ:藤原夏海
デート・ア・バレット
DATE A BULLET
ナイトメア・オア・クイーン
Nightmare or Queen
公式サイト http://date-a-bullet.com
©2020 東出祐一郎・橘公司・NOCO／KADOKAWA／「デート・ア・バレット」製作委員会
10/17 発売!!
@fantasia_bunko

ジア文庫
経験…
経験…
お付…
著：長岡…
陰キャ高校生…
最上位の…
とに。予…
2人だ…
新作!
10月の新刊
ファンタジア文庫
原作最新刊!
キミと僕の最後の戦場、あるいは世界が始まる聖戦 10
著：細音啓 イラスト：猫鍋蒼
新作!
人工痴能と始める人生デバッグ入門
ドスケベAIが俺に童貞捨てさせようとしてくる 新作
著：霧山よん イラスト：ヨシモト
人生∞《インフィニティ》周目の精霊使い
無限の歴史で修行した元・凡人は世界を覆す 新作
著：師走トオル イラスト：ミユキルリア
魔王が如く
絶対強者の極道魔王、正体を隠して学園を極める 新作
著：なめこ印 イラスト：富岡二郎(RED FLAGSHIP)
異世界で最強の装備は、全裸でした
どうか私に全裸を教えてくださいっ!
全裸でなく《世界》だ! 新作
著：初美陽一 イラスト：Xe
たとえば俺が、チャンピオ…
王女のヒモに
ジョブチェンジしたとし…
著：藍藤唯 イラスト：霜降(La…
神々に育てられしもの、
最強となる 4
著：羽田遼亮 イラスト：…
一億年ボタンを…
気付いたら最…
～落第剣士の学…
著：月島秀一
ロクでなし…
著：羊太郎
※ラインナッ…
変更にな…
※実際の…
KADOKAWA

らいなら殺してしまえるほどの殺傷力を持っていた。

通常、Cランク冒険者の力が必要なオークの討伐が、私のような戦闘経験のない人間でも引き金を引くだけで可能になるのだから、魔導技術の進歩は凄《すさ》まじいものがある。

パァンッ！　耳をつんざく破裂音とともに銃弾が発射された。

無論、私には弾道など見ることはできないが、しかし確実に相手の眉間を打ち抜いたはずだった。これでも射撃の腕には自信があるのだ。

「……？」

だというのに、アンデッドは額を軽く抑え、首を傾げているだけだ。眉間には傷一つ付いていない。

こ、殺される……。私は死を覚悟した。こちらから何もしなければ、まだ見逃してもらえたかもしれない。だがあろうことか私は自ら攻撃をしてしまったのだ。

し、死にたくない……っ！　まだ私には成すべきことがあるのだ。商会をもっと発展させねばならないし、私の跡を継ぐ予定の息子にまだまだ教えるべきことが沢山ある。

ブルオオオオオオオオオオッ！

死にたくない。その一心で、私は思い切りアクセルを踏み込んでいた。

自動車が急加速し——どんっ！　アンデッドを弾き飛ばしていた。だが私はそのまま構わず自動車を爆走させた。人々が慌てて避けていく。

お、追ってこない……？

私は恐る恐るサイドミラーからちらりと後方を見た。すると何事もなかったかのように立ち上がりながら、こちらを見てくるアンデッドの姿が――

にこ～。

「ひいいいいいっ⁉」

あの笑みの意味を私は直感した。

――どこまで逃げようが無駄だ、地の果てまで追ってお前を殺してやる。

「い、嫌だっ……死にたくないっ！　私はまだ死ぬわけにはいかないのだぁぁぁぁっ！」

駄々をこねる子供のように泣き叫び、じわじわと股間に温かいものが広がっていくのを感じながら、私は藁《わら》にも縋《すが》る思いでアクセルを踏み続けたのだった。

第四章　巨大な鉄塊が走ってた

「何だ、あれは……？」

逃げるように街から去った俺は、不思議なものを発見して足を止めた。それは街の方から始まり、遥《はる》か遠くまで延々と続いている謎の道だ。

もしかしたら街道だろうか？

だがその割に人が通っている様子がない。見慣れぬそれが気になって近づいていってみると、どうやら二本の鉄の棒らしきものが遥か先まで伸びているらしかった。

周辺はごつごつした石が敷き詰められており、これではかえって人が歩き辛《づら》そうだ。

「街道じゃないのか？」

首を傾《かし》げていると──プオオオオオオオオオオオオッ！

突然、街の方から大きな音が鳴り響いてきた。

何事かと目をやった俺は、思わず息を呑《の》む。巨大な黒い物体が、大量の煙を吐き出しながらこちらに向かってきていたのだ。

「芋虫の魔物か！？」

一瞬そう思ったが、よく見ると鉄の塊のようだった。しかもそれが幾つも連なって、二本の鉄の棒の上を走っているらしい。

しばらくすると、それは小気味よい音を響かせながら、俺のすぐ目の前を猛スピードで通過していった。

「す……すげぇぇぇ～っ！」

その大迫力に俺は思わず感嘆の声を上げた。どうやら鉄塊には車輪が付いており、それが鉄の棒に噛《か》み合わさる形で走っているようだ。

「こんな巨大な鉄塊がこれだけの速度で走るなんて……一体どんな原理なんだ……」

もちろん俺が生きていた頃に、このようなものは存在していなかったはずだ。

「っ……」

気づいたときには、すでに遥か遠くを走っていた。俺は慌てて後を追いかける。

さすがに追いつけないかと思ったが、意外と簡単に最後尾に追いついてしまった。

そのまま煙を吐き出し続けている先頭まで進むと、今度は並走しながら巨大鉄塊を観察する。高速回転する車輪は見ていてまったく飽きない。

「ん？」

そのとき初めて俺はその存在に気がついた。

鉄塊の先頭に人が乗っていたのである。

◇◇◇

短時間での長距離移動を可能とした陸上交通機関――鉄道。

あらかじめ敷かれた線路の上を、汽車と呼ばれる巨大な鉄塊を走らせるこれは、今や世界各地で製造され、人や物の輸送に欠かせないものとなっていた。

しかし汽車の走行には膨大な魔力が必要となることから、走行中は常に、ボイラーと呼ばれる蒸気エネルギーを生成するための機構へと、魔石を補給し続けなければならない。

それを担《にな》っているのが、機関助士と呼ばれる者たちだ。その名の通り機関士の助手であり、その厳しい肉体労働を主に二人が交代で行っていた。

「おい、何よそ見してやがる。早く魔石を入れろ。また機関士にどやされるぞ」

魔石をボイラーに投入していた機関助士のシャベルが止まっていることに気づいて、もう一方が注意する。

「なぁ、もしかして俺の目がおかしくなったのかもしれないんだが……汽車に並走している人間が見えるんだが……」

「ああ？　そんなわけ——なっ⁉」

同僚に言われて初めて外へと目を向けたその機関助士は、信じがたい光景を目《ま》の当たりにした。白髪の青年が、この汽車と並走していたのである。

「何だ、あいつはっ⁉」

「お前にも見えるのか……？　やっぱ俺の目に異常があるわけじゃなかったんだな……」

「安心している場合か！」

そのとき機関士が血相を変えて彼らの元へと駆け寄ってきた。

どうやら彼も外を走る青年に気づいたらしい。

「もっと魔石をボイラーに投入しろっ！　今からさらに速度を上げるっ！　一刻も早く奴《やつ》を引き離すんだっ！」

「「え？」」

「あの白髪に赤い目！　今朝の新聞に載っていたやつだ……っ！　あれは人間じゃない！　アンデッドだ！　万一この汽車に乗り込まれたら一巻の終わりだぞっ！　俺たちみんな殺される……っ！」

「「～～～っ⁉」」

二人の機関助士たちは顔を引き攣《つ》らせ、必死の投石を開始したのだった。

◇　◇　◇

「ど、どうにかギリギリ間に合ったか……」

私は座席にぐったりと腰を下ろしながら、ひとまず安堵《あんど》の息を吐いた。

汗で全身がびっしょりだが、股間のそれを隠せるためかえって好都合かもしれない。

あの恐ろしいアンデッドから自動車で逃走した私は、そのまま汽車の駅へ。

幸運なことにちょうど発車間際《まぎわ》だった便へと滑り込んだのだ。もちろん切符など買っていないが、そんなものは後からどうとでもなる。

鋭い汽笛の音とともに汽車が加速し、街がぐんぐん遠ざかっていく。すると気持ちが落ち着いて、少し頭が冷静になってきた。

「そもそも、奴は私を追ってくる気などないのではないか……？」

あのときは気が動転して、どこまでも追いかけてくるに違いないと思ってしまったが、考えてみたら私一人を殺すためにそこまでするとは思えない。

あの場から逃げ切った今、すでに私は助かったと考えてよいのではないだろうか。

もちろんもうあの街には戻れない。戻りたくない。

予定より随分と早くなってはしまったが、商会のことは息子に任せるしかないだろう。

自分の命の方が大切だ。

終点の王都に着いたら連絡を入れるとしよう。今は遠距離でも会話が可能な魔導具があるため、それである程度は指示を出せるはずだ。

そのとき、加速を終えてしばらく安定した速度で走っていたはずの汽車が突然、再び加速を始めた。さらに周囲の乗客たちが窓の外を眺めながら騒《ざわ》めき出す。

一体何事だと、私は重たい身体《からだ》を座席から起こし、窓の外を見た。

「〜〜〜〜〜〜〜っ⁉」

するとそこにいたのは、猛スピードで走るこの汽車と並走している、あの白髪のアンデッドだったのである。

「や、や、やはりこの私を追ってきたのか……っ⁉」

しかもあの不気味な笑みを浮かべたまま、こちらを見ており——目が合った。

「ひぐぅ——」

恐怖が頂点に到達した私は意識が暗転。

股間が再び温かくなるのを感じながら、失神してしまったのだった。

◇◇◇

……しまった。まさか人が乗っていたとは。

いや、考えてみたら当然か。こんな巨大な人工物が、無人で動いているはずがない。

鉄塊の先頭まで追い付いた俺は、そこで滝のような汗を掻《か》き、何やら大変そうな作業をしている人たちを発見したのだ。

向こうも俺のことに気づいて慌て出した。

それはそうだ。これだけの速度で走ることなど、普通の人間には不可能だろう。

プオオオオッ！　再び大きな音を響かせ、鉄塊が加速し始めた。今の俺なら十分付いていける速度だったが、さすがにこれ以上の並走はやめた方がいいだろう。

俺は少しずつ遅れていく。

すると今度は、窓らしき場所から人々が顔を出してきて、注目されてしまった。

どうやらこの巨大鉄塊は、人を輸送するためのものだったらしい。馬車よりも遥かに速く、しかも大人数を運ぶことができそうだ。

だが、そのせいで大勢の人たちに見られてしまっている。

そして彼らの表情を見るに、例外なく怖がったり怯《おび》えたりしていた。

「こ、怖くないよ……？」

頑張って笑顔を向けてみたが、生憎《あいにく》と効果はまったくない。

「……ん？　あれはもしかして……」

彼らの中に見知った顔を発見する。先ほど会ったばかりの小太りの男性だ。

「なるほど。もしかしてこれに乗るために急いでいたのか」

そう納得していると、彼は白目を剝《む》いて、すぐに見えなくなってしまった。大丈夫だろうか？

やがて鉄塊の最後尾まで下がってくると、俺は誰も見ていないことを確認してから、跳躍して鉄塊の最後部に飛び乗った。

これが人の輸送手段として使われているのだとすれば、このまま乗っていれば、別の都市に着くことができるのではと思ったのだ。

「もしかして俺、頭いいかも……？」

自らの推測に確信を持った俺は、このまま鉄塊の上に乗っていくことにした。普通は鉄塊の中に乗るものらしいので、ここなら誰かに見られる心配はないだろう。

前方から猛烈な風が吹きつけてくる中、俺はごろりと横になった。背中からの振動を感じながら、しばらく寝転がって空を眺める。

……暇だ。

最初は楽だなと思っていたが、段々と我慢できないほどの退屈さに襲われ始めた。歩いていた方がまだ飽きが来づらいんだな……。

そして段々と鉄塊の中がどうなっているのか気になってきた。

俺は身体を起こすと、鉄塊の端っこへ。そこから下を覗《のぞ》き込むと、一メートルほど下のところに窓が見えた。

好奇心に駆られた俺は、上下逆さまの状態になって鉄塊の外壁に貼りつきながら、その窓へと頭を伸ばしていった。窓も先ほど並走中に見たそれよりも幾らか小さな窓だ。

ついに窓に辿《たど》り着くと、恐る恐る中を覗き込んだ。

「～～～～～っ⁉」

まったく予想しなかった光景に、俺は思わず目を見開いてしまう。

窓の向こう側に、どういうわけか裸の女がいたのだ。

栗色《くりいろ》の髪の、やや気が強そうな美人。年齢は十八かそこらだろう。それが、白くて瑞々《みずみず》しい、それでいてしっかりと引き締まった美しい肉体を惜しげもなく晒《さら》しているのだ。

こんなところで裸になるなんて、まだ若いのに痴女なのか……。

いや、よく見ると狭い個室だった。もちろんいるのは彼女だけ。人前で裸になっているわけではなかったらしい。

そして彼女の裸体へと降り注いでいるのは、湯気が立ち昇る水——どうやら身体を洗っているところだったようだ。

って、これじゃ完全に覗きじゃないか⁉

慌てて頭を引っ込めようとしたときだった。こちらの気配を察したのか、彼女が顔を上げそうになった。しかしそれより一瞬早く、俺は窓の前から退避する。

「あ、危なかった……」

俺は大きく息を吐く。決して覗きをしようとしたわけではなく、完全な不可抗力なのだが、もし見つかっていたら変態の烙印《らくいん》を押されていたことだろう。

ともかく、もうリスクを冒して中を覗く行為はやめた方がよさそうだ。

俺は大人しく鉄塊の上に寝転がったまま、どこかの都市に到着するのを待つことにした。

悲鳴のようなものが聞こえてきたのは、それからしばらく経《た》ってのことだった。

「何だ？　中が騒がしいな……」

誰かが叫ぶような声に混じって、戦っているような音や振動が足元に伝わってくる。

こうなると状況を確認したくなるのが人の性《さが》というものだろう。……アンデッドだが。

俺は先ほど以上の慎重さで、また別の窓から中を覗き込んだ。ちょうど窓の端っこを使い、目だけを出すような形だ。

「っ……」

するとそこで繰り広げられていたのは、数人の男たちと先ほどの少女の戦闘だった。

男たちは明らかに堅気とは思えない風貌だ。盗賊だと言われても頷《うなず》ける。

いや、実際に盗賊的な集団なのかもしれない。手にしている武器には統一感がなく、バラバラだ。

一方、少女は当然ながらもう裸ではなく、ちゃんと服を身に着けていた。そして若い女性には似つかわしくない立派な槍《やり》を、器用に操りながら男たちを圧倒している。

「くそっ！　この女、強いぞ！」

「そいつを人質に取れ！」

「ひぃっ」

力では少女に敵《かな》わないと踏んだのか、男たちは地面に蹲《うずくま》って震えていた身なりのいい中年男を無理やり立たせると、後ろから羽交い絞めにして喉頸《のどくび》にナイフを突きつけた。

「っ！　卑怯《ひきょう》者！」

「卑怯もクソもあるか。武器を捨てろ」

「くっ……」

少女は仕方なく手にしていた槍を地面に放った。

するとすぐに男たちが襲い掛かり、彼女は取り抑えられてしまう。

「ったく、手こずらせやがって」

「にしても、この女、なかなか上物じゃねぇか」

「へへっ、次の駅に着くまでまだ時間はある。目当てのお宝は手に入ったし、ちょっと遊んでやるか？」

「〜っ！」

男たちの手が少女の着ていた服を剝ぎ取ろうとする。

気がつくと俺は鉄塊から飛び降り、後方にある足場へと降り立っていた。そこには鉄塊の中に入るための扉が付いていた。

鍵がかかっていたが、強引に抉《こ》じ開けて中に飛び込む。

鉄塊の中は、ちょっとした広さの部屋になっていた。高価そうなベッドやテーブルなどの調度品に、毛足の長い絨毯《じゅうたん》、天井にはシャンデリア。まるで貴族の邸宅のリビングのようだった。

全員の視線が、突然乱入してきた俺に集中する。

「何だ、お前は⁉」

「あの扉、どうやって開けやがったっ？」

「いや、そもそもこの車両は最後尾だぞ⁉」

もちろんこんな奴《やつ》らと会話をする気などない。……できないとも言うが。

俺は無言で少女を抑え込んでいた男たちに接近する。当然ながら武器で攻撃されたが、痛《いた》くも痒《かゆ》くもない。

「っ⁉　何だ、こいつ⁉」

「まったく効いてねぇ⁉」

驚く彼らの腕や脚などを摑《つか》み、順番に放り投げていった。自分より体格のいい相手も、片手で簡単に投げることができるから楽だ。

「ぶごっ⁉」「ぎゃっ！」「ぶぐっ！」「げべっ！」

壁や天井などに叩《たた》きつけられ、次々と気を失っていく。かなり手加減したお陰で、スプラッタにならずに済んだ。骨の一本や二本ぐらいは折れているかもしれないが。

残ったのは一人だけだ。顔を引き攣《つ》らせて叫ぶ。

「こ、こっちに来るんじゃねぇっ！　来たらこいつを――がっ？」

また人質を取ろうとしたので、その前に距離を詰めて軽く腹を殴ってやる。それだけで白目を剝いて気絶した。

「な……なんて強さだ……」

拘束から逃れた少女が、目を丸くしながら立ち上がる。そして俺を見ながら、

「……貴殿のお陰で助かった。礼を言わせてくれ」

「っ……」

先ほど裸を見てしまった罪悪感から、慌てて目を逸《そ》らす俺。

「……？　あまり見かけない容姿だな？　私はリミュル。貴殿の名は――お、おい、どこに行くっ？」

俺は踵《きびす》を返すと、呼び止める彼女を無視して先ほど入ってきた扉から外へ。

コミュ障の俺にとって、若い女は最も苦手とする相手だ。ましてや覗き行為をした直後に、まともに会話ができるはずもない。

俺はそのまま勢いよく鉄塊から飛び降りる形となった。

振り返ると、唖然《あぜん》とした顔の少女が、猛スピードで遠ざかっていくのが見えた。

◇◇◇

凶悪な死霊術師《ネクロマンサー》、グリス＝ディアゴの居場所についての有力な情報を得た我々、特別聖騎隊は現在、都市間を高速で移動することが可能な汽車に乗っていた。

近年、各国で競うように建設が進められている鉄道網。そのお陰で、遠距離移動が昔より遥《はる》かに簡単なものになったという。

「しかし、私も皆と同じ二等車でよかったのだが……」

私、リミュルは一等車両の個室で一人、溜息《ためいき》を吐く。

今回の任務に当たり、我々は豊富な資金を与えられている。来るべき戦闘に備えることを考えると、少しでも疲労を抑えることは重要なことだ。

特に今回は長距離の移動となるため、車中泊をしなければならず、隊員たちには二等車両の切符を与えていた。二等車両では、狭いが簡易な就寝スペースがあるため、座席しかない三等車両よりもしっかりと休むことができるだろう。

そして私も同じ二等車でいいと思っていたのだが、副隊長のポルミが「隊長の切符です」と言って渡してきたのがここ一等車のものだったのだ。

隊長とはいえ、私はあくまで一人の聖騎士だ。特別な扱いを受けるのはどうかと思うのだが……すでに購入済みとあっては、断るわけにはいかなかった。

一等車両は列車の最後尾にあった。中に入ると、まずソファやテーブルなどが置かれたラウンジとなっている。ここでは専属の給仕《きゅうじ》に頼めば、用意されているワインやエールなどを飲むことも可能だった。

ラウンジの奥は個室となっている。廊下に並んでいる扉は全部で六つ。最奥《さいおう》にあるのが最もグレードの高い部屋らしい。どうやらそこは今、この国有数の資産家が利用しているようだ。

私の部屋は手前から三番目だった。

個室と言っても、それほど広いわけではない。ちょっとしたベッドや調度品が置かれ、そして隅っこに小さなシャワールームがある程度である。

「ちゃんとお湯も出るのか。……これはありがたいかもしれないな」

そのシャワールームを覗きながら、私は呟《つぶや》く。

最近ロクに身体《からだ》を洗えていなかったので、簡易なものとはいえ、シャワーを浴びることができるのは嬉《うれ》しい。

他の隊員たちを差し置いて、一人だけシャワーを浴びるのは少し罪悪感があるが、使わないのも勿体《もったい》ないだろう。

そう自分に言い聞かせて、私は早速、利用させてもらうことにした。ちゃんと部屋の鍵を閉めてから、身に着けていた鎧《よろい》や服を脱いでいく。

「ふう……」

熱いシャワーを全身に浴びる。その心地よさに、思わず吐息が零《こぼ》れた。

「……？」

そのとき不意に視線を感じて、私は顔を上げる。

シャワー室の上部には窓が付いていた。しかし空と雲が見えるだけだ。

窓はかなり高い位置にあり、よほど背の高い人間でなければ覗《のぞ》くことは不可能だろう。

そもそも走行中ならば、外に誰かがいるはずもない。

「気のせいか」

私はそう思い直し、窓から視線を外した。

シャワー室を出た私はラフな格好に着替えた。目的地の都市に着くのは翌朝だ。いつグリス＝ディアゴと戦闘になってもいいよう、しっかりと休むことにしよう。

廊下を数人の足音が通っていったのは、教典を黙読していたときだった。

一等車の乗客は少ない。私が違和感を覚えていると、

「うわあああっ!?」

「っ……悲鳴？」

奥の方から聞こえてきた叫び声に、私は腰かけていた椅子から身を起こした。

続いて騒がしい物音が響いてくる。

私は戦いの気配を察して聖槍を手に取ると、廊下に飛び出した。

そして一番奥の個室へと急ぐ。

すると奥の個室から一人の男が出てきた。随分と人相が悪い。年齢は三十半ばほどか。手にサーベルを持っており、どう見ても穏やかではない。

「何だ、女か」

私に気づいて、男はニヤニヤと嗤《わら》う。

「何者だ、貴様？　見たところ、この車両の客ではなさそうだな」

「へへっ、その通りだ。ちぃっと野暮用でな。もしかして嬢ちゃんはこの車両の客かい？　いい身分だぜ。……ん？　随分と立派な槍を持ってるじゃねぇか？」

私が女だから油断しているのか、男は暢気《のんき》にそんなことを聞いてくる。当然その隙を見逃すような私ではない。

一瞬で距離を詰めた私は、男の右膝を穂先の腹で殴りつけた。

「ぎゃっ⁉」

男は悲鳴を上げてひっくり返る。膝を破壊したので、しばらく立ち上がることもできないだろう。

私は悶絶《もんぜつ》する男の背中を踏みつけ、奥の部屋へと飛び込んだ。

そこにいたのは、男の仲間と思われる連中だ。そしてこの部屋の客だろう身なりのいい中年男性は、奴らに暴行されたのか、痛々しい姿で床に転がっていた。

「た、助けてくれっ……」

震える声で助けを求めてくる。

言われなくともそのつもりだ。グリス＝ディアゴの討伐が今の私の任務だが、聖騎士としてこの状況を見過ごせるはずがない。

私は聖槍を手に、凶賊どもへと躍りかかった。

男たちはそれぞれの武器を手に構える。私を若い女と見て、顔には余裕の笑みが浮かんでいた。……笑っていられるのも今の内だ。

素早く間合いを詰め、最初の一人を先ほどの男と同様に無力化すると、すぐに彼らは私が強敵と悟って慌て出した。

「くそっ！　この女、強いぞ！」

「そいつを人質に取れ！」

「ひぃっ」

しまった。この部屋の乗客の男性を、人質に取られてしまったのだ。

「っ！　卑怯者《ひきょう》！」

「卑怯もクソもあるか。武器を捨てろ」

「くっ……」

私は仕方なく聖槍を地面に落とす。

抵抗することができなくなった私は、簡単に奴らに取り抑えられてしまう。

身動きが取れない。不意に髪の毛を摑まれたかと思うと、絨毯《じゅうたん》に押し付けられていた顔が無理やり持ち上げられる。

「ったく、手こずらせやがって」

「にしても、この女、なかなか上物じゃねぇか」

「へへっ、次の駅に着くまでまだ時間はある。目当てのお宝は手に入ったし、ちょっと遊んでやるか？」

「～っ！」

奴らの下卑た視線に、私は身体を強張《こわば》らせる。声を張り上げれば、二等車にいる隊員たちが察知してくれるか？　いや、車両の一番奥にあるこの個室からでは、かなりの距離がある。走行中の列車の音に掻《か》き消されて届かないだろう。

「叫んでも無駄だぜ？　どのみち誰も入って来れねぇよ。簡単には開けられねぇよう、この車両の入り口にちょっと細工させてもらったからな。もちろんそこの扉にも鍵をかけておくぜ」

「安心しろ、たっぷり可愛《かわい》がってやるからよぉ」

男たちの手が伸びてくる。上着を捲《まく》り上げられ、腹部が露《あら》わになった。

「ひゅう、なかなか良《い》い身体してんじゃねぇか」

と、そのときだった。

部屋の奥、恐らくは非常用に存在している扉が強引に抉《こ》じ開けられたかと思うと、誰かが飛び込んできたのだ。

もちろんこの車両は最後尾なので、隣に車両などない。停車中ならともかく、走行中にそこから人が入ってくることなど、普通はあり得ないはずだった。

現れたのは見知らぬ人物だ。年齢は二十歳頃。真っ白い髪と不思議な赤い目が特徴的な青年である。

「何だ、お前は⁉」

「あの扉、どうやって開けやがったっ？」

「いや、そもそもこの車両は最後尾だぞ⁉」

そんな怒鳴り声にまったく答えることなく、青年は無言で近づいてきた。その様子を薄気味悪がったのか、男たちは容赦なく青年を攻撃する。危ない！

「っ⁉　何だ、こいつ⁉」

「まったく効いてねぇ⁉」

だが、まともに剣やナイフなどを身体に受けたはずの青年は、どういうわけか平然としていた。それどころか、男たちの身体を摑《つか》むと、凄《すさ》まじい怪力で放り投げていく。

壁や天井に叩《たた》きつけられた彼らは、そのまま白目を剝《む》いて気を失った。

「こ、こっちに来るんじゃねぇっ！　来たらこいつを――がっ？」

残った一人が人質を取ろうとしたが、その前に青年が肉薄。軽く腹部を殴られると、それだけで気絶した。

「な……なんて強さだ……」

青年の強さに驚愕《きょうがく》しつつも、私は自由になった身体を起こした。

「……貴殿のお陰で助かった。礼を言わせてくれ」

「っ……」

なぜか青年は顔を背けてしまう。

「……？　あまり見かけない容姿だな？　私はリミュル。貴殿の名は――お、おい、どこに行くっ？」

いきなり走り出したかと思うと、先ほど飛び込んできた扉から、列車の外へ。

私は慌ててその扉まで走り寄った。すると青年は、走行中の列車から飛び降りたにもかかわらず、線路の上に何事もなかったかのように着地している。

私も飛び降りるか？　いや、さすがにこの速度だ。下手をしたら怪我《けが》をしかねない。それにあの男たちを放っておくわけにもいかないだろう。

そんなことを考えていると、あっという間に青年の姿は遥《はる》か遠くなっていた。

「……何者なんだ……あの男は……？」

その後、私は二等車にいる隊員たちに事の次第を報告。窃盗団と思われる男たちを捕らえ、どうにか汽車の旅に平穏を取り戻したのだった。

連中の目的など気になることはあるが、後のことは鉄道会社やこの国の警察機関に任せればいいだろう。

「リミュル隊長、お疲れのところ申し訳ないのですが……実は少々、気になることがありまして……」

「何だ、副隊長？」

「こちらの新聞記事です」

そう言ってポルミが差し出してきたのは、西側諸国で広く読まれている新聞だった。

その信憑性《しんぴょう》がたびたび疑問視されている新聞だが、情報の速さと量に関しては他の追随を許さず、我々も今回の任務において幾度か世話になったことがあった。

私はポルミが指さす記事に目を落とす。すると真っ先に飛び込んできたのが、

【災厄級《カラミティ・クラス》アンデッド出現か】という衝撃的な見出しだった。

「災厄級だと……？」

「はい。しかも、場所はここロマーナ王国。あの魔境〝エマリナ大荒野〟から近い、コスタールと呼ばれる街です」

コスタールと言えば、我々が向かっている方角とは真反対だ。

「奴《やつ》の新たな眷属《けんぞく》か……？　だが、災厄級とは……」

「ただ、少々腑に落ちないことがあります」

「腑《ふ》に落ちないこと？」

「そのアンデッドは堂々と街に近づいてきて、コスタールの冒険者たちと戦闘になったそうなのです。しかし討伐を試みるも、手も足も出なかったとのことで……」

「コスタールと言えば、魔境に挑むBランク以上の冒険者が数多く滞在しているはずだぞ？」

災厄級は言い過ぎにしても、よほど強力なアンデッドだったのだろうと推測される。

しかしそれ以上に気になったのは、堂々と街に近づいてきたという点だ。

グリスは病的なほど慎重な男だ。眷属のアンデッドでさえ堂々と行動することは少なく、大抵は秘密裏に動くはずだった。

「何か事情が……？　あるいは、これまでと方針を変えたのか……？」

考え得る可能性を列挙してみるが、どれもピンとこなかった。

「さらにそのアンデッドは街に入ることも、誰かに危害を加えることもなく、そのまま立ち去ったそうです」

「立ち去っただと……？」

理解不能な行動だ。まさか逃げたわけでもあるまい。

……グリスと関わりがあるかどうかは、今のところかなり微妙だろう。

色々な考えを頭で巡らせながら、一応自分でも目を通しておこうと、私は新聞記事を読み始めた。

そこである文字が目に留まり、私は思わず目を瞬《しばたた》かせた。

「白髪赤目のアンデッド、だと……？」

第五章　自称乙女だった

鉄塊を飛び降りた俺は、それからは二本の鉄棒を頼りに歩き続けた。

そうして十数時間。やがて前方に都市が見えてきた。思っていた通り、どうやらこの鉄棒は街と街を結んでいるらしい。

もちろん堂々と街に入ることはできない。帽子を被《かぶ》っていても、さすがに入場の際には脱いで顔を見せるように言われるだろうし、そうなるとまた前の街の二の舞だ。

すでに日が沈み、辺りはすっかり暗くなっていた。俺は前回と同様、防壁を乗り越えて街中に侵入することにした。

「……よっと」

人がいないことを確認し、跳躍して壁の上へ。そして向こう側にも誰もいないのを見てから飛び降りた。

「さて……どうするかな」

念のため深々と帽子を被りながら、俺は歩き出した。

それにしても夜だというのに、あちこち非常に明るいな。それはどの家からも、煌々《こうこう》とした光が漏れ出ているからだ。

「もしかしたら俺の知らない間に、何か簡単に明かりを確保できる技術が発明されて、しかも庶民にまで普及したのかもしれないな……」

思い返してみると、人々の服装も全体的に華やかになっている気がする。

そう言えば俺が前の街で拝借させてもらったこの服も、良い生地を使っているのか、まったくごわごわしていない。

あの高速で走る巨大鉄塊だってそうだが、これだけ人類が発展を遂げているのだ。俺が死ぬ方法くらいきっと見つかるだろう。

「……問題はどうやってそれを知るか、だ」

街中を当てもなく歩いているだけでは知ることはできない。どうにかして詳しい人間を探し出し、そして話を聞かなければ。

……果たして、極度の人見知りである俺にそれが可能なのか。

「いや、待てよ……？　そうだ、アンデッドのことなら、死霊術師《ネクロマンサー》に聞けばいいじゃないか！」

なぜ今まで思い至らなかったのか。

そして死霊術師と言えば、

「ゴリス＝ディアスだっけ？　いや、ドリス＝ドラゴだったか？　とにかく、あの長髪がやたら崇拝してた奴だ。そいつに話を聞けば、俺が死ぬ方法も分かるんじゃないか？」

と、そこまで考えたところで、俺は自分が犯した大きなミスに気が付いた。

「あいつ消滅させちゃったじゃん……そのポリスとかいう奴がどこにいるのか、詳しく聞いておけばよかった……」

まぁあんなに簡単に死ぬとは思ってなかったけどな。あれだけ自信満々だったのに……ぶふっ……ヤバい、思い出したらまた笑えてきた。

「っ……」

そのときだ。再びあの不思議な感覚に襲われて、俺は顔を上げた。

「……間違いない、またこの街のどこかにアンデッドがいる！」

そいつがゴリスとやらと関わりのあるアンデッドかどうかは分からないが、ともかく会って確かめてみるとしよう。

俺は自分の直感を頼りに走り出す。そして辿《たど》り着いたのは、周囲を高い塀で囲まれた大きな屋敷《やしき》だった。

塀を飛び越えて敷地内へ。よく整備された美しく広い庭を突っ切って、屋敷へと近づいていく。屋敷の窓からは煌《きら》びやかな光が零《こぼ》れており、上の方から優雅な音楽が聞こえてきている。

「……舞踏会でもやっているのか？」

アンデッドがいるとはとても思えない雰囲気だと思いながら、俺は裏口から屋敷へと侵入した。恐る恐る廊下を進んでいく。

上の階から音楽が聞こえてはくるものの、一階はまるで人の気配がしない。

普通これだけの屋敷であれば、それなりの数の従業員が働いていると思うのだが。

そのまま屋敷内から二階へ上がるのはさすがに躊躇《ためら》われたので、俺はいったん窓から外へ出ると、今度は外壁を登っていくことにした。

「ここから音楽が聞こえてくるな……」

二階にあった窓から、俺はその部屋の中を覗《のぞ》き込んだ。

そこにあったのは広大なダンスホールだ。正装らしきものを身に着けた若い男たちが、音楽に合わせて踊っている。

それだけ聞けば、ごく普通の舞踏会だと思うだろう。だが明らかにおかしい。

「……何で男しかいないんだ？」

それも例外なく若く、そして見た目に優れた美男子ばかりだ。

普通はこうした舞踏会では、男女がペアを組むものであると思うのだが、なぜか男同士でダンスを踊っているのだ。

もちろん、俺はこうした金持ちの場に疎《うと》いので、曖昧な知識しかないが……。

「それとも今の時代はこれが普通なのか？」

しかし他にも異様なことがあった。それは誰一人として楽しそうではなく、それどころかむしろ苦悶《くもん》の表情を浮かべているという点だ。

やがて音楽が止まり、美男子たちも動きを止めた。すると奥にあった大きな扉が開いて、

「うふん、愛《いと》しのダーリンたちぃ〜、お、ま、た、せ♡」

砂糖をぶっかけたような甘い声（ただし野太い）とともに、ホールにとんでもない生き物が入ってきた。

筋骨隆々の巨漢だ。確実に身の丈二メートルはあるだろう。腕も胸も足も太く、シルエットだけ見るとオークと間違えてもおかしくない。

だがそんな立派な体躯《たいく》の大男が、なぜ小さな女の子が身に着けるような、ピンク色のドレスを着ているのだろうか？

しかもスカートの丈が異様に短くて、パンツが今にも見えてしまいそうだ。……もちろん絶対に見たくない。

極めつけには、長い金髪を縦ロールにして可愛《かわい》らしいリボンで結び、中年女性もびっくりのばっちりメイク。

あいつは一体、何なんだ……？

「……俺が察知した同族の気配はあいつから……そうか、あれはアンデッド……道理で――」

って、アンデッドだからで説明がつくか！

むしろアンデッドへの凄《すさ》まじい風評被害になりそうだ。同じアンデッドとして、断じてあんな輩《やから》と同類だとは思われたくない。

「ダーリンたちのために、今日もアタシが愛情たっぷりの料理を作ってきたわぁ♡」

巨漢アンデッドは太い猫なで声で言って、巨大なテーブルワゴンを引っ張ってくる。

そこには大量の料理がずらりと並んでいた。

一応それなりに美味《おい》しそうであるが、

「あいつが作ったのか……見た目はよくても、それだけで食欲を無くすな……」

中に危険なものが入ってそうだし。

「遠慮しなくていいわ？　た～っぷり食べちゃって♡」

「「は、はいっ！」」

巨漢アンデッドがウインクをすると、美男子たちが一斉に料理に手を付け始めた。

しかしやはり彼らも食べたくはないのか、顔が苦しそうに歪《ゆが》んでいる。

「……もしかしてアタシの作った料理が嫌だなんてこと、ないわよねぇ？」

「「「っ！」」」

巨漢アンデッドが声をひと際低くして問うと、美男子たちは慌ててそれを否定した。

「そ、そんなことないです！」

「ブローディア様の料理はとても美味しいです！」

「幾らでも食べられそうです！」

……もしかして脅されているのだろうか？

見たところ彼らはアンデッドではなく、生きた人間のようだ。

「あらん、嬉《うれ》しいこと言ってくれるわねぇ♡」

巨漢アンデッドは腰をくねくねさせながら喜ぶと、近くにいた美青年の一人を後ろから抱き締め、耳元で囁《ささや》くように言った。

「お礼に今晩はアタシがあなたを、た、べ、て、あ、げ、る♡」

おえええええっ！　俺は気持ち悪くなり、嘔吐《おうと》しそうになってしまう。アンデッドだから吐けるものなど何もないのだが。

「いやいや、何なんだよ、あの気持ち悪いのは……」

と、思わずそう呟《つぶや》いた次の瞬間だった。

「誰っ？」

巨漢アンデッドが突然、こっちを見てきた。

俺は慌てて頭を引っ込める。

「……ふふふ、誰かしら？　そこでアタシの部屋の盗み見をしていたのは？　隠れても無駄よ？」

バタン、と何の前触れもなく勝手に窓が開いた。

……どうやったんだ、今の？

ともかく、もはや隠れても意味はなさそうだ。どのみちあのアンデッドに用があったわけだし、俺は大人しく姿を現し、窓から屋敷内へと飛び込む。

「あらん？　なかなかのイケメンねぇ♡」

「うえ、気持ちわるっ……」

面と向かってウインクを飛ばされて、つい俺が本音を口にしてしまった、その瞬間——

「テメェ今なんつったアアアアアアアッ⁉」

巨漢アンデッドがいきなりブチ切れ、躍りかかってきた。

ちょっ、豹変《ひょうへん》し過ぎだろ⁉

さすがの俺も恐怖を覚えてしまう。なにせ化粧をした大男が、床を蹴るたびに抜けてしまいそうなほどの凄まじい音を響かせ、オーガのごとき形相で突進してくるのである。

だが巨漢アンデッドは俺のすぐ目の前でぴたりと停止した。

「……うふふ、やだ、アタシったら。つい汚い言葉を使っちゃったわぁ」

そして何やら反省を始めた。

「アタシは美を追求する乙女。どんなときもお淑《しと》やかさを忘れてはならないのよ」

自分に言い聞かせるように呟き、うんうんと頷《うなず》いている。

しかし俺には、美とかお淑やかさだとかは、目の前の巨漢とはかけ離れた言葉としか思えない。

「まぁそれはそれとして、乙女を侮辱したアナタにはお仕置きが必要ねぇ？　って、あらん？」

何かに気づいたのか、巨漢アンデッドは俺をまじまじと見て、それからクンクンと鼻を鳴らした。

「もしかして、アナタもアンデッド？　あら、それじゃあ、グリス様の新しい眷属《けんぞく》かしら？　残念ねぇ、それじゃあ、アタシのダーリンコレクションに加えられないじゃない」

――グリス。

どうやらいきなり当たりのようだ。この巨漢も、グリスとかいう死霊術師《ネクロマンサー》の手下らしい。

ていうか、ダーリンコレクションって何だ？

「……いや、俺はそのグリスとかいう奴《やつ》とは無関係だ」

「あら？　そうなの？　うふふ、それならダーリンにできちゃうわね♡」

がしっ。次の瞬間、俺は巨漢アンデッドに両肩を摑《つか》まれていた。

「うふふふっ、大丈夫、心配しないで！　このアタシの愛のキッスを受ければ、どんな子もアタシにメロメロになって、従順なダーリンになっちゃうんだからっ！　ん～～」

これでもかというくらい赤い口紅が塗りたくられた唇が、デカい顔とともに近づいてくる。お、悍《おぞ》ましいにも程がある……。

俺は思わずその顎を蹴り上げていた。バァンッ！

「ぶっ⁉」

まともに俺の蹴りを浴びた巨漢アンデッドの顎が弾《はじ》け飛び、さらには巨体が吹き飛んで、十メートル以上先の壁に思い切り激突した。

普通の人間なら今ので死んでいてもおかしくないが、相手もアンデッドだ。壁が崩れた瓦礫《がれき》の中から這《は》い出てくる。

「あ、あが……あが……」

それでも顎を粉砕されたからか、まともに言葉を発することができないようだ。

「な、なん、あの、よ……アンタ……？」

その顎も信じられない速度で再生していく。やはりこの巨漢も高い再生能力を有しているらしい。

「っ……アタシのメイクが……っ⁉　許せない、許さないわぁぁぁっ！」

どこからともなく取り出した鏡で自分の顔を見て、憤怒《ふんぬ》の絶叫を上げた。

怒るところはそこかよ……。

「ぶち犯すッ！　テメェは絶対にぶち犯してやるッ！」

「……ん？」

そのときなぜか身体《からだ》が少しだけ重くなった気がした。

「何だ、これは……？」

「うふふっ！　逃げようとしても無駄よぉっ！　アナタはすでに、檻《おり》の中に捕らわれた、お、う、じ、さ、ま♡　アタシとこれから楽しいことといっぱい――」

「よいしょ」

構わず強引に身体を動かしてみる。すると、ぶちぶちぶちっ、と何かが千切れるような感覚があって、それから身体の重みが消失した。

「――は？」

巨漢アンデッドが目を丸くしているが、そんなことはどうでもいい。これ以上、相手をしていたら精神の方が限界に到達してしまいそうだ。

「ファイアボール」

俺は魔法を放った。たとえ高い再生能力を持っていたとしても、あの長髪と同様、これなら倒せるはずだ。

って、倒しちゃダメだった！　グリス何とかっていう奴の居場所を聞き出さないと！

「ぐぬぅっ！」

幸い回避してくれたようだ。炎塊は後方の壁に激突し、辺りに火の粉を巻き散らした。

結果、あちこちに引火してしまう。

やべっ、こんな屋敷《やしき》の中で使っちゃダメな魔法だった！

燃え広がり始めた炎に戸惑う俺。その一方で、巨漢アンデッドは目を見開いて自分の腕を見ている。

「火傷《やけど》が……治らないっ⁉　嘘《うそ》っ、嘘よっ⁉　嘘だと言いなさい！」

頭を抱え、随分と取り乱している。

「このアタシの美しい肌が！ 毎日欠かさずお手入れしているのにぃっ⁉」

わなわなと巨体が震え、縦ロールの金髪が天を突くように浮かび上がっていく。

「アタシの綺麗《きれい》なお肌を返せぇぇぇっ！ ――〝愛愛光線《ラブラブビーム》〟ッ！」

直後、巨漢の拳から桃色の鋭い閃光《せんこう》が俺目がけて放たれ、その直撃を喰《く》らってしまった。

だが衝撃に少し吹っ飛ばされただけで、相変わらず痛みもなければ負傷もなし。

「あ、アタシの必殺技が……まったく効かないなんて……っ⁉」

「……ええと、怒ってるところ悪いんだが……一つ聞いていいか……？ そのグリスって奴は今、どこにいるんだ……？」

動揺しているその隙を突いて、俺は問う。

相手がアンデッドだからか、それとも気を使う必要ゼロの相手だからか、言葉に詰まることはなかった。

「っ……グリス様を追っている……っ⁉ まさか、アナタは聖騎士の……っ？ なぜアンデッドが奴らの味方に……っ？」

聖騎士？ 何のことだ？

「ソウをヤったのもアナタね⁉」

「ソウ？ それって、あの長髪のか？」

「やっぱり……っ！」

巨漢アンデッドは顔を引き攣《つ》らせた。

「じゃあ、あの炎をまともに浴びたら、アタシも同じように…………そ、そんなのは絶対に嫌よっ！　アタシは永遠にこの美を保ち続けたいんだからっ！」

「あ、待て！　まだ話は終わってないぞ！　グリスって奴の居場所を教えてくれ！」

急に踵《きびす》を返して逃げ出したので、俺はすぐに後を追った。あの体格ながら結構な速さだが、しかし今の俺なら簡単に追いつけるだろう。

部屋を飛び出し、長い廊下を疾走する。

こちらの足音が聞こえたのか、巨漢がチラリと後ろを振り返った。

「ひぃっ!?」

いや、何で俺の顔を見て怯《おび》えてるんだよ……。お前の方がよっぽど怖いだろ……。

複雑な気持ちになりつつ追いかけていると、やがて逃げ切れないと観念したのか、庭の真ん中で地面に頭をつけて必死に懇願してきた。

「あ、アタシっ……アナタの女になるわっ！　この身体だって好きにしていいから！　だからお願いっ！　許してぇぇぇっ！」

……これっぽっちも欲しくない対価だった。

「そんなことより、グリスって奴の居場所は？」

「そ、それが、アタシも知らないの！」

「本当か？」

「本当よっ！　信じてっ！」

知らないのか……それなら仕方がない。

俺は魔力を集中させながら右手を巨漢アンデッドへと向けた。

「ひぃぃぃっ⁉　お、お願いよぉっ！　命だけはっ、命だけは助けてぇっ！」

「もうとっくに死んでるだろ。死んだ人間は死んだ人間らしく、大人しくあの世に逝《ゆ》くべきだと俺は思うぞ」

俺だって早くそうしたいんだ。

「ファイアボール」

「いやあああああああああああああっ⁉」

◇　◇　◇

アタシの名はブローディア＝アンソリュード。

グリス＝ディアゴ様の忠実な眷属にして、九死将《きゅうししょう》の一人よぉ。

生前のアタシは世界最強の格闘技と名高い〝鬼殺拳《きさつけん》〟を若くして修め、向かうところ敵なしの格闘家だったわ。

ついには世界中から猛者《もさ》ばかりが集う格闘技の世界大会で、優勝してしまったの。

だけどそうして格闘家として頂点を極めたとき、アタシは気づいてしまった。

違う、アタシの心が本当に求めているのはこれじゃない、って。

アタシが一番欲しかったのは──そう、美よ。

そのことに気づいたアタシは、それから自分磨きに奮闘したわ。お化粧をして、お洒落《しゃれ》をして、乙女として相応《ふさわ》しい振る舞いを身に付けて。

でも、その志半ばで。

かつて格闘技で打倒した相手の闇討ちに遭い、アタシは死んでしまった。

そんなアタシをアンデッドとして蘇《よみがえ》らせてくれたのがグリス様だったの。

グリス様はお顔が美しいだけじゃない。その驚くべき術によって、アタシに永遠を与えてくれたわ。

決して死ぬことがなければ、老いることもない。いつまでもずっと若く美しい姿を保ち続けることができる。なんて素晴らしいのかしら。

ああ、グリス様、誰よりも愛しているわ。

……何度かアプローチしているんだけれど、なかなか靡《なび》いてくれないのよね。

でもアタシは絶対に諦めないわ！

いつかきっとグリス様を振り向かせ、そして……うふふふふっ♡

それはともかく。

アタシはグリス様の命令に従い、この街に来たわ。素敵なダーリンたちをたくさん作って、さらなる美を追求して、毎日を謳歌《おうか》しているの。

もちろんグリス様に命じられたお仕事だって忘れてないわ。

あ、そう言えばつい昨日、グリス様から気になる連絡があったわね。

なんでも九死将の一人、ソウちゃんがやられたんだって。

どうやら霊体ごと消滅させられちゃったみたいで、さすがのグリス様でも、もう二度と復活させることはできないみたい。

結構アタシのタイプだったのに、残念ねぇ……こんなことなら無理やりでも一度ヤっておくべきだったかしら？

恐らく聖騎士たちの仕業だろうから気を付けろ、って。

ま、アタシなら返り討ちにしちゃうけれど。

もしアタシがソウの仇《かたき》を取ったら、グリス様が惚《ほ》れ直してくれるかも……？

うふふふふっ、むしろぜひアタシのところに来てほしいわぁっ！


――な、な、何なのよ、こいつはぁぁあっ？

アタシは今、大いに戸惑っているわ。

突然、現れた白髪の青年。この美の結晶とも言うべきアタシを指して、あろうことか
「気持ち悪い」などとのたまった愚かなアンデッド。

きっと目が腐っているに違いないけれど、そんなことより信じがたいのは、このアタシを蹴り一発で吹き飛ばしたことよ。

油断していたとはいえ、格闘技を極めたこのアタシが、まさかこんなにいい一撃をもらってしまうなんて。

しかも、顎が粉砕してしまうほどの威力。こんな相手、生前でも戦ったことなんてないかもしれない。

って、今のでアタシのメイクがぁぁあっ⁉　一時間以上かけてばっちり決めたっていうのに！

「ぶち犯すッ！　テメェは絶対にぶち犯してやるッ！」

アタシはつい汚い言葉でそう叫ぶと、〝美愛拳《びあいけん》〟――鬼殺拳だと可愛《かわい》くないから名前を変えたの――の極意を発動したわ。

それは糸のように周囲に張り巡らした見えない闘気を使い、相手の身体《からだ》をアタシの思い通りに操るというもの。

実を言うと、この屋敷で囲っているダーリンたちはすべて、この闘気の糸でアタシが意のままに動かしているの。だから逃げることも助けを呼ぶこともできないわ。

その闘気の糸を、アタシは白髪のアンデッドへ集中させた。もはや一切の身動きも取れないはずよ。

うふふ、さしずめあなたは魔王に捕らわれた檻《おり》の中の王子様。

え？ そこは普通、お姫様だって？ 違うわ、だってお姫様はアタシだもの！

さあ、可愛い可愛い王子様……今からアタシの愛情をたぁっぷり身体の中に注ぎ込んで、あ、げ、る♡

――ぶちぶちぶちっ。

「……は？」

思わず乙女らしからぬ声を出してしまったわ。だってこの白髪、いとも簡単に闘気の糸を引き千切ってしまったんだもの。

すぐ傍《そば》に置いていないのはその性格が少々アレだったためで、それがなければグリスの守護という最も重大な役目を任せられていてもおかしくなかっただろう。

「ああっ、ブローディアっ！　僕の愛《いと》しいブローディアっ！　なぜ僕は君までをも失わなくちゃいけないんだっ！　君のいないこの世界を、これから僕は一体どうやって生きていけばいいんだい⁉」

グリスは天を仰いで悲しみの咆哮《ほうこう》を上げる。そして、

「ま、でも仕方ないよね、消滅しちゃったものは」

一瞬で普段の調子を取り戻した。それどころか、吐き捨てるように言う。

「そもそもあいつ、死ぬほど気持ち悪かったよねー。何なの、乙女って？　何なの、美って？　君みたいな醜いゴリラが美しさの追求だとか何だとかって、ちゃんちゃら可笑《おか》しいんだけどさ？　時々、僕に変なアピールしてきてたけど、マジで吐いちゃうかと思ったよ。うん、やっぱりいなくなってむしろ清々したよねー」

先ほどまでの悲痛な表情はどこに行ったのか、グリスは、アハハハ、と楽しげに笑った。

「さて、それはそれとして、だ。ソウに続いてブローディアまでもやられるなんて、いよいよ僕も黙ってはいられなくなってきちゃったね」

それでも九死将のうち二人も倒されてしまったことは、さすがの彼にも業腹《ごうはら》なことだっ

たらしい。口の端を歪《ゆが》めると、ここにはいない彼らへ宣言する。

「聖騎士ちゃんたち、首を綺麗に洗って待っていてよ。今、僕の方から君たちのところに赴いてあげるからね。そしてとっても素敵なアンデッドにしてあげるんだ♪」

……彼はまだ真実を知らない。

◇◇◇

グリス＝ディアゴ討伐の任務を与えられた我々特別聖騎隊は、現在、ロマーナ王国内のサルドールという都市に滞在していた。

我々が得た情報によれば、この都市で奴と思われる男が何度か目撃されているという。

そのため調査を進めているところだ。ただし、今のところ成果は出ていない。

すでに夜も更《ふ》け、今日が終わろうとしている。

私は借りている宿の一室で、あの汽車内で遭遇した人物のことを思い出していた。

「あの白髪は一体……」

私を助けてすぐに去っていった謎の青年。

白髪に赤い目と、新聞に載っていた未知のアンデッドとは、特徴が瓜二《うりふた》つだった。

「ただの偶然か……それとも……。……む？　何だ？」

そのとき、遠くからカンカンという鐘の音が聞こえてきた。

副隊長のポルミが窓の外を確認する。

「リミュル隊長、どうやら火事のようです」

すでに日が沈んでいるというのに窓の向こうは少し明るい。赤々とした炎を、ここからでも見ることができた。

「火事か……しかもかなりの燃え方だ。今日は風も強い。下手をするともっと被害が広がるぞ」

私はソファから立ち上がり、すでに着替えていた寝間着を脱ぎ出す。

「……どうされるおつもりですか？」

「私は水魔法を使えるからな。少しは役に立てるだろう」

「ですが、我々の任務は消火活動ではありません」

「だが放ってはおけまい。なに、行くのは私だけで構わない。隊員たちは休ませておいてくれ」

私は後のことはポルミに任せ、宿を飛び出した。しばらく走ると、すぐに現場が見えてくる。

「どいてくれ」

集まっていた野次馬《やじうま》を押し退《の》け、私は燃え盛る屋敷《やしき》へと辿《たど》り着いた。

「……かなり大きな屋敷だな。庭も広い。これなら周囲への延焼は免《まぬが》れそうだ」

幸運なことに、屋敷内にいたと思われる人々はすでに脱出しているようだった。

庭の端に集まり、駆けつけた街の衛兵たちの手で治療を受けている。

しかし奇妙だな？　なぜ若い男ばかり、それも見た目の優れた者たちばかりなのだ？

「私も治癒魔法を使える。手伝おう」

「そうか、それは助かる。まぁ幸い大した怪我《けが》をしている奴はいないがな」

私は被害者の一人に治療を施しながら、話を聞くことにした。

「君たちはこの屋敷の使用人か？」

「いや、違う。俺たちは捕らわれていたんだ」

「捕らわれていた……？」

「ああ、恐ろしいアンデッドに……」

彼は真っ青な顔をして、ぶるぶると唇を震わせる。

「……アンデッドだと？　詳しく聞かせてくれないか？」

そうして彼が語ってくれたのは、自らを乙女と称する筋骨隆々のアンデッドによって、長きにわたってこの屋敷に大勢の青年たちが軟禁されていたという衝撃の事実だった。

間違いない。そのアンデッドの名は、ブローディア。

グリス＝ディアゴが率いる眷属《けんぞく》の一体だ。

「逃げようとしても、身体《からだ》がロクに動かなかったんだ……。そして俺たちは、何度も何度も奴の餌食《えじき》に……うあああああっ！」

「お、落ち着け。大丈夫だ。今ここにそいつはいない」

恐怖の記憶が蘇《よみがえ》ってきたのか、急に取り乱し出した彼をどうにか落ち着かせてから、

「しかし、なぜ屋敷が燃えているんだ？　一体何が起こった？」

「た、助けてくれたんだ。あいつとは違う、別のアンデッドが……」

「別のアンデッドだと？」

「そうだ……白髪で、目が赤い……」

白髪赤目のアンデッド……っ！

「彼が来てくれて、あの化け物を倒してくれなかったら、俺たちは一生、あのままだった……っ！」

まさか、同じアンデッドであるブローディアを倒した……？　となると、グリス＝ディアゴとは敵対関係にあるのか……？

その抗争に巻き込まれる形で、偶然、彼らは助かった……？

「それに彼は燃え盛る屋敷から、俺たちの脱出を手助けしてくれたんだ……っ！」

「脱出を手助けした……。そ、それは本当にアンデッドだったのか？」

「ま、間違いない。あの変態アンデッドが、そう言っていた……」

「っ……ほ、他に何か、その白髪に特徴はなかったかっ？　そうだな、例えば……身長は、どれくらいだ？　もしかして、175センチくらいか？」

「あ、ああ、それくらいだった気がする……」

「……っ！」

もちろん、これだけでは確実とは言えない。だがこのタイミングだ。彼らを救出したのは、恐らく私が遭遇したあの男に違いない。そして新聞に載っていた災厄級《カラミティ・クラス》とも目されるアンデッド……。

やがて救護作業に区切りがついたので、宿に戻りながら私は思案していた。

そう言えば、コスタールで目撃された白髪アンデッドは、冒険者たちから攻撃されたにもかかわらず、自らはまったく反撃をしなかったらしい。

それどころか、街へ接近してきていた大災害級《ディザスター・クラス》の魔物タラスクロードを倒し、結果的に街を救った形になったという。

そしてこの燃え盛る屋敷からの脱出を手助けし、私もまた奴《やつ》に助けられている。

危険なアンデッドではないということか……？

もし再び奴に遭遇したとき、果たして私はどうするべきなのか……。

「いや、たとえ危険性がなかったとしても、アンデッドはアンデッドだ。神に仕える聖騎士として、不浄なる存在を捨ておくわけにはいくまい」

神の摂理に逆らった存在、それがアンデッドだ。

必ず滅さなければならない。いつ人類にとっての脅威になるかもしれないからな。

「まだこの街のどこかに潜んでいる可能性が高いな……。ならば、ひとまずグリス＝ディアゴの調査は中断し、隊を上げて白髪の捜索をするべきだろう」

私はそう決断し、宿へと戻ったのだった。

第六章　死霊術師《ネクロマンサー》と出会った

「やっぱ屋敷内で火魔法を使ったのはダメだったよな……」

俺は全焼した屋敷の跡を眺めながら、昨晩の失敗を反省する。

あの巨漢アンデッドを倒したのはいいが、屋敷にいた人たちが危《あや》うく火事に巻き込まれてしまうところだった。

彼らの脱出経路を確保するため強引に屋敷の壁に穴を空けたり、抱えて二階から飛び降りたりと、全員を無事に避難させるのに苦労した。

幸い彼らはそれほど俺を怖がらなかったので助かった。まぁ俺なんかよりよっぽど恐ろしい奴に捕まっていたのと、緊急事態だったからだと思う。

すでに夜は明けている。屋敷の入り口は閉鎖されており、恐らくそのうち原因特定のための調査が行われるだろう。

しばらく野次馬《やじうま》に交じって様子を見ていた俺は、やがて踵《きびす》を返して歩き出す。単に何となく気になって見に来ただけで、特に用事があったわけではない。

「……そこのお前、動くな」

不意に背後からそんな言葉を投げかけられた。低く抑えているが、女性特有の高い声だ。

「ゆっくりとこっちを振り返るんだ。そして帽子を脱げ」

俺は言われた通りに踵を返す。するとそこにいたのは、見覚えのある人物だった。

あの走る巨大鉄塊の中で出会った栗色《くりいろ》の髪の少女だ。今は壮麗な鎧《よろい》に身を包んでいて、まるで騎士のような出《い》で立ちだ。

向こうが俺をあのときの男だと認識しているのかは、定《さだ》かではない。明らかに敵対的な雰囲気だし、手にした槍《やり》をいつでも突き出せるよう構えている。

俺は被《かぶ》っていた帽子を脱ぐ。

その直後、複数の気配が動き出したかと思うと、俺を取り囲んできた。全員が少女と同じような武装をしており、恐らく彼女の仲間だろう。

「私の名はリミュル。メルト教が誇る、アルベール聖騎士団の聖騎士だ。貴様は……アンデッドだな？」

この子、聖騎士だったのか……。

メルト教とやらは聞いたことがないが、恐らく何らかの宗教に違いない。そして宗教は基本的にアンデッドという存在を嫌悪《けんお》しているものだ。あのときと態度が一変しているのは、俺がアンデッドだと分かったからだろう。

さらに神の加護を受けた彼らは、高度な浄化技術を有していることが多い。

もしかしたら俺に永遠の安らぎを与えてくれるかも……？

「……」

俺はゆっくりと頷《うなず》いた。できればはっきり「浄化してくれ」と言いたいのだが、こんな大勢に注目されて、まともに声が出るようなら苦労していない。

「我ら神に仕える聖騎士として、不浄なるアンデッドの存在を看過することはできない。これより貴様を浄化する！」

おおっ、やった！　少女の言葉に俺は喜ぶ。これでわざわざ怪しい死霊術師を探す必要はなくなった。

俺は抵抗する意思はないと示すよう、大きく両腕を広げた。

しかしリミュルと名乗った聖騎士少女は、なぜか腹立たしそうに顔を歪《ゆが》める。

「っ……舐《な》めるな……っ！」

え？　俺、なんか怒らせるようなことした？

内心で困惑していると、聖騎士少女は仲間たちに命じる。

「全員、聖槍を構えよ！」

「「はっ！」」

　全員が手にしていた槍を、俺に向けるような形で構えた。そして槍の先端が煌々《こうこう》と輝き出す。

「一斉浄化、開始ぃっ！」

　次の瞬間、槍という槍から強烈な光が放たれ、俺の視界は一瞬にして白く染め上がった。

　凄《すさ》まじい浄化の光だ。これならば、きっと俺も無事に死ぬことができるだろう。

「……あれ？」

　光がゆっくりと弱まっていく。

　気づけば視界が戻り、俺は平然とその場に立っていた。身体を見ても何の異変もない。

ピンピンしていた。いや、ちょっとだけ気持ち悪い感じがするか……。

　少しは効いたのかもしれないが、しかし完全に期待外れだった。

「そ、そんな……まったく効いていないというのか……？」

　聖騎士少女が愕然《がくぜん》と目を見開いている。

　他の連中も明らかに狼狽《うろた》えていた。それだけ聖槍とやらの力に自信があったのだろう。

「くっ……狼狽えるなっ！　まだ手はある！　この聖槍の力を信じるんだ！」

　どうやら今ので終わりではないらしい。

しかし生憎《あいにく》とさっきのがさっぱりだったので、俺的にはまったく期待できないんだが。

そんなこちらの冷めた心とは裏腹に、彼女たちは決死という言葉が相応《ふさわ》しいほどの雰囲気で、

「全員、神のために命を捧《ささ》げる覚悟はあるか⁉」

「「「はっ！」」」

「良《い》い返事だっ！　幸い奴は我らの力を見くびって動こうとしない！　我らの信仰を見せてやれっ！」

「「「おおおおおおっ！」」」

も、物凄《ものすご》い気合いだ……。これはもしかして、思ったよりも期待できるのではないか？

俺は少しワクワクして、思わず頬を緩めながら彼女たちの攻撃を待ち構えた。

「っ！　いいだろう、その余裕ごと、今度こそ貴様を消滅させてやる……っ！　――一斉突撃ぃぃぃぃぃっ！」

そう叫び、彼女自身が先頭に立って突っ込んできた。全方位から光り輝く槍が突き出され、俺の身体へ次々と突き立てられる。

こ、これは――めちゃくちゃ、こそばゆい……っ⁉

想定外の感触だった。まるで全身を擽《くすぐ》られているかのようで、俺は我慢できずに笑い出

してしまう。

「ははっ、はははは……っ！　はははははっ！」

やがて光が収まってくると、俺を完全包囲している聖騎士たちの呆然自失《ぼうぜんじしつ》とした顔が見えてくる。

「き、効いていない……」

「それどころか、嗤《わら》っている、だと……？」

「ば、化け物……」

カランカラン、と彼らが手にしていた槍が地面を転がった。

聖騎士少女も可哀想《かわいそう》なくらい顔を真っ青にしており、完全に戦意喪失している。

あ、その……なんか、ごめん……。君たちがあんなに必死だったのに、俺、笑ってしまって……悪気があったわけじゃないんだよ……うん。

なんだか申し訳なくなって、俺まで落ち込んでしまった。

いや、違う。落ち込んでいる場合じゃない。

俺の思っていることをちゃんと伝えるべきなのだ。だがこの人数の中で急に声を出すのは難易度が高すぎる……。

そ、そうだっ！　俺は天啓を得た。全員と話そうとするからダメなのだ。この中から一人を選び、そいつの耳元で話せばいいんだ。そうすれば実質的に一対一で会話ができる。

もちろん女子はダメだ。一対一だろうと話せる気がまったくしない。

俺は斜め右にいた中年男に目を付けた。……うん、話しかけやすそうな相手に話すのが大事だよな、やっぱ。

「……あの」

「ひっ」

だが俺が一歩近づくや、彼はよろよろと後退《あとずさ》った。

ちょっ、何で距離を取るんだよ！　これじゃあ、上手《うま》く話せないじゃないか！

そのとき突然、聖騎士少女が声を張り上げた。

「て、撤退っ！　撤退だっ！　今すぐこの場から離脱せよっ！」

「「――は、はっ！」」

その声で我に返ったのか、一斉に踵を返して逃げ出した。

「隊長は⁉」

「わ、私はこいつを食い止めておくっ！　反論は許さんっ！」

聖騎士少女の叫びに何人かが足を止めかけるも、しかし躊躇《ためら》いを振り払うように頭を振り、そのまま走り去っていく。

残ったのは俺と聖騎士少女だけだった。

……一緒に逃げてくれてもよかったんだが。

◇　◇　◇

火事で全焼した屋敷《やしき》で、怪しい人物を発見したという連絡が部下から入った。

別の場所を捜索していた私は急いで駆けつける。

「どいつだ？」

「あの帽子をかぶった男です」

「……奴《やつ》か」

野次馬に交じって焼け跡を眺めている男だ。帽子を深くかぶっているため顔はよく見えないが、その背格好から考えて、私が汽車で出会ったあの青年に間違いない。

「ですが、先ほどから焼け跡を見ているだけで何もしません。外れという可能性も……？」

聞かれて、私は首を振った。

「いや間違いないはずだ」

「では、すぐに取り抑えますか？」

「まだだ。ここでは周囲の人間にまで被害が出る。奴が動き出してからだ。それに隊員たちが集合するのを待ちたい」

何のために現場に戻ってきたのかは分からないが、しばらく何をすることもなくずっと焼け跡を見ていた。

やがて満足したのか、踵《きびす》を返して去っていく。隊員たちと示し合わしてから、私は奴の後を追った。

「……そこのお前、動くな」

背後から近づくと、私はそう鋭く声をかける。すると奴は大人しく足を止めた。

「ゆっくりとこっちを振り返るんだ。そして帽子を脱げ」

聖槍を構えながら私がそう指示すると、奴は言われた通りにこちらを振り返り、そして帽子も脱ぐ。

露《あら》わになったのは白い髪と赤い目。予想通りあのときの青年だ。

なぜ私を、そして屋敷に捕らわれていた人たちを助けたのか？　問いたい気持ちもあったが、しかし私はそれをぐっと堪えた。下手な感情移入はやめるべきだ。相手はアンデッド。ただ滅ぼすべき存在である。

「私の名はリミュル。メルト教が誇る、アルベール聖騎士団の聖騎士だ。貴様は……アンデッドだな？」

「……」

確認のため問いかけると、すんなりと頷く。ここまでは信じられないほどに従順な態度だが……。我々などまったく怖くないという、余裕の表れだろうか。

強い魔力はまるで感じない。だが力と知能のあるアンデッドほど、実力を隠蔽することを我々は知っている。目の前のアンデッドは間違いなくそれだろう。何より私はその力の一端を見ていた。

一瞬、緊張で身体《からだ》が強張《こわば》るのを感じたが、しかし握りしめた武器のことを思い出して私は勇気を取り戻す。

そうだ。我々にはこの聖槍がある。私は力強く宣言した。

「我ら神に仕える聖騎士として、不浄なるアンデッドの存在を看過することはできない。これより貴様を浄化する！」

するとどういうわけか、奴はその場で悠々と両腕を広げたではないか。

抵抗する素振りも逃げる素振りもない。それどころか、まるでどこからでも攻撃してこいと言わんばかりの態度だった。

我々の攻撃など絶対に効かないという自信か？

「っ……舐《な》めるな……っ！」

我らが信仰する神への侮辱にも思え、私は強い憤《いきどお》りを覚えた。

ならば見せてやろう！　神威《しんい》の宿るこの聖槍の力を！

「全員、聖槍を構えよ！」

「「「はっ！」」」

「一斉浄化、開始ぃっ！」

私の掛け声に応じて、白髪アンデッドを取り囲んだ聖騎士たちが、聖槍の力を解放する。

放たれたのは、上級アンデッドすら一撃で消滅せしめるほどの強烈な浄化の光だ。

それが全方位から、合計十五発以上である。いかなるアンデッドであろうと、確実に浄化することができるはず——だった。

やがて光が収まったとき。我々は信じがたい光景を目《ま》の当たりにすることとなった。

「そ、そんな……まったく効いていないというのか……？」

何事もなかったかのように、平然とその場に立っていたのである。

「くっ……狼狽えるなっ！　まだ手はある！　この聖槍の力を信じるんだ！」

絶望しそうになる気持ちを奮い立たせ、私は声を張り上げた。

そうだ。聖槍の浄化の力を真に発揮できるのは、穂先を対象に接触させたときである。

遠距離から放てるという利点があるが、その分、威力を犠牲にしていたのが先ほどの攻撃だ。たとえるなら、斬撃の際に生じる衝撃波のようなものに過ぎない。

今度は斬撃そのものを奴に叩《たた》き込んでやるつもりだった。

もちろんそのためには、危険を承知で奴に接近しなければならない。

すでに戦意を喪失しかけている隊員たちを鼓舞すべく、私は叫んだ。

「全員、神のために命を捧げる覚悟はあるか⁉」

「「「はっ！」」」

「良い返事だっ！　幸い奴は我らの力を見くびって動こうとしない！　我らの信仰を見せてやれっ！」

「「「おおおおおっ！」」」

そんなこちらの決死の想《おも》いを嘲笑《あざわら》うかのように、白髪は頬を緩めていた。

完全に馬鹿にしきった態度だ。

「っ！　いいだろう、その余裕ごと、今度こそ貴様を消滅させてやる……っ！　――一斉突撃ぃぃぃぃぃっ！」

皆が同時に地面を蹴り、命がけの突撃を敢行した。

その中でも私は先頭を切って、槍《やり》の先端を奴の身体に突き刺す。

槍の形状であることにもちゃんと意味がある。対象の体内に突き立てることで、内側から浄化の光を流し込むことが可能になるからだ。

……だが感触がおかしい。まるで手応えがなかったのである。何か見えない壁にでも阻《はば》まれてしまったかのような……。

生憎《あいにく》と眩《まばゆ》い光のせいで奴が今どうなっているのかを見ることはできないが、私以外の者たちからも戸惑う気配が伝わってくる。

まさか、これでも効かないというのか……？

「ははっ、ははははは……っ！　はははははっ！」

私が嫌な予感を覚えていると、光の中心から笑い声が響いてきた。

わ、笑っている……？　そんな……嘘《うそ》、だろう……？

やがて光が収まり、まったく変わらない姿の奴を目にしたとき、我々は完全に戦意を失ってしまった。誰かが取り落としたらしく、カランカランと聖槍が地面を転がる音が響く。

それを咎《とが》めることなどできない。なぜなら私も恐怖で手の感覚を失い、聖槍をちゃんと持っているのかどうか自分でも分からない状態なのだ。

それでも私は辛《かろ》うじて我を失うことはなかった。

そうだ、私はただの一聖騎士ではない。教皇を父に、そして聖騎士団団長を姉に持ち、幼い頃から厳しい教育を受けてきた。

ゆえに私は、いついかなるときであろうと、聖騎士としての範を示さねばならぬのだ！

「て、撤退っ！　撤退だっ！　今すぐこの場から離脱せよっ！」

「「――は、はっ！」」

「隊長は⁉」

「わ、私はこいつを食い止めておくっ！　反論は許さんっ！」

隊員たちの足音が遠ざかっていく。

一方で、白髪は……まったく動こうとしない。

これでは命を懸けて足止めする覚悟だった私が馬鹿みたいではないか……！

そもそも我々などこいつにとっては羽虫同然で、最初から興味などないということか？

こちらが睨《にら》みつけるも、ただ私をじっと見ているだけだ。攻撃してくる気配もない。

極限の緊張感の中、私は意を決して奴に問いかけた。

「き、貴様は我々人類の敵かっ？」

「ち……」

……ち？　くそっ、何て言っているのか聞き取れない！

「貴様、言葉をまともに話せないのか……？」

アンデッドの中には会話が可能な者と、そうではない者がいる。

どうやらこいつは後者らしい。間違いなく高位のアンデッドであり、知能も高そうに見えるため、会話ができてもおかしくないと思ったのだが……。

そういう点でも特殊なアンデッドなのかもしれない。

「……」

ん？　何だ？　こいつ、ショックを受けているのか……？

しかしそう見えたのも一瞬のこと。白髪は急に踵を返すと、どこかへ走り去ってしまう。

「っ！　待て……っ！　まだ聞きたいことが――」

すぐに後を追いかけるが、速すぎる。あっという間に背中が遠ざかっていき、気づけば見失っていた。

「はぁ、はぁ……逃げられたか……」

◇◇◇

何度も言葉を発しようと試みるのだが、やはり上手《うま》くいかない。

その結果、俺と聖騎士少女との間を、耐えがたいほどの沈黙が支配し続けていた。

やがて静寂を先に破ったのは、相手の方だった。

「き、貴様は我々人類の敵かっ？」

「ち……」

違う、と言おうとしたのだが、途中から声が掠《かす》れてしまう。

これじゃダメだ。俺は危険な存在ではないと、しっかりと伝えなければならないというのに。

だが、やらなければやらなければと思うほど、ますます声が出なくなってしまうのだ。

そうして俺がまごまごしていると、ついに我慢の限界が来たのか、彼女が言った。

「貴様、言葉をまともに話せないのか……？」

う、うわあああああああああああっ!?

めちゃくちゃはっきりとダメ出しをされてしまい、俺は大きなショックを受けた。

しかも相手は若い女性である。

「っ！　待て……っ！　まだ聞きたいことが――」

俺は居たたまれなくなって、気がつけば一目散に走り去っていた。

――言葉をまともに話せない。

反論などできるはずもない。なぜなら事実だからだ。

「どうせ俺はコミュ障だよおおおおおおっ！」

そんな叫び声を上げながら、俺は街中を全力疾走する。

何事かとこちらを振り向く人たちがいたが、構わず走り続けた。

どれくらい走っていただろうか。気づいたときには、俺は街を取り囲む防壁のすぐ近くまで来ていた。防衛時の都合を考慮してか、この辺りに家は建っておらず、少し開けた場所となっている。

「……っ？　この気配は……アンデッドかっ？」

そのとき俺は近くから同族の存在を感知して身構えた。今まで遭遇したアンデッドたちは、ロクでもない連中ばかりだったからな。

しかも今回は一体ではなさそうだ。

やがて向こうから複数の人影がこちらへとやってくるのが見えた。

五人組だ。人形めいた顔立ちの青年に、虎系の獣人と思われる大柄な男、それから浅黒い肌を大胆に露出している妖艶《ようえん》な女に、小悪魔めいた笑みを浮かべる小柄な少年、そして最後は全身包帯だらけの性別不詳な奴《やつ》だ。

「ん？　もしかして君はアンデッドかい？」

青年が俺を見て、一瞬でそう看破してきた。この中で唯一、この青年だけが生きた人間のようで、それ以外は全員がアンデッドである。

「その服装……それなりに知能は高そうだねぇ」

こちらを値踏みするような嫌な視線に、俺は思わず顔を顰《しか》めた。何だ、こいつ……よく分からないが物凄《ものすご》く不快な感じがするぞ。

「だけど、ほとんど魔力が感じられない。ただの雑魚《ざこ》アンデッドかな。──ティガ」

「はっ」

「好きにしちゃっていいよ」

ティガと呼ばれたのは虎系の獣人だ。

「いいんですかい？　へへっ、それじゃあオレが食っちまいますぜ」

鋭い牙が並ぶ口から、じゅるり、と涎《よだれ》を垂らして言う。

……まさか、こいつもあの女装した巨漢アンデッドと同じ系統なのか？

妖艶な女が呆《あき》れたように鼻を鳴らした。

「よくアンデッドなんて食おうと思うわね。不味《まず》くて仕方ないでしょうに」

「くくっ、その不味さがいいんじゃねーか。オレたちアンデッドに食事は要らねぇが、幸い味覚は失われてねぇ。その上、どんな毒を喰《く》らおうが死なねぇときた。お陰で生前じゃ味わえなかったものでも味わえるってわけだ」

「あんた完全にドMよねぇ」

……どうやら食うは文字通りの食うだったようだ。よかった。

「んじゃ、いただきまーす」

獣人は太い両手で俺の身体《からだ》をがっしり摑《つか》むと、大きな口を開けて頭へと齧《かぶ》りついてきた。

バキンッ！

「あが？」

牙が折れた。

「……あ？　おい、どういうことだ？　何で俺の牙が折れちまったんだよ？」

呆気《あっけ》にとられた顔をする獣人。しかしすぐに折れた牙が再生していく。

「あははは っ！　ウケるんだけど！　悪食《あくじき》のティガが食べるのに失敗するとか！」

「う、うるせぇ！　ちょっとミスっちまっただけだ！　オレの牙にかかれば、人間の頭蓋骨くらいピーナッツみてぇに簡単に砕けるんだよ！」

大笑いする女にそう反論してから、獣人は至近距離から俺を睨みつけてくる。

「大人しく食われやがれ。これが生きた人間なら頭蓋を砕くときの絶叫も楽しむんだが、アンデッドは痛みを感じねぇからな。無駄な抵抗はするんじゃねぇぞ」

やはりこいつもロクな奴ではなさそうだ。その口振りから推測するに、生きた人間をそのまま食ったりもしているらしい。

……うん、焼いてしまおう。室内じゃないので火魔法でも大丈夫だよな。

「ファイアボール」

「あ？　ぎゃああああああああっ⁉」

「「ティガっ⁉」」

俺のファイアボールで獣人アンデッドの全身が燃え上がった。あっという間に骨すらも燃え尽きて灰と化す。

「ティガが一瞬で灰になるなんて……なんて威力の魔法なの……っ？」

「待って……おかしいよ？　全然再生する気配がない……」

妖艶な女と小柄な少年が唖然《あぜん》とする中、青年は目を見開いて、わなわなと唇を震わせていた。

「ティガが、霊体ごと消滅させられた……？」

「グリス様？」

「だ、大丈夫ですか、グリス様っ？」

……薄々そうではないかと思ってはいたが、やはりあの青年が死霊術師《ネクロマンサー》のグリスらしい。

よし、これでわざわざ探す手間が省けたぞ！

喜ぶ俺とは対照的に、グリスは目を血走らせながらこちらを睨みつけてきた。

「君かぁっ！　僕の大切な眷属《けんぞく》を消滅させてくれたのはぁっ！」

そうして涙ながらに灰を救い上げる。

「ああ、ティガ！　僕の可愛《かわい》い可愛い眷属っ！　君とは永遠に共にあり続けられると思っていたのにっ！　こんな突然の別れっ……あんまりだっ！　うわあああああっ！」

……あれ？　もしかしてちょっと悪いことしちゃった？

いやいや、元はと言えばあっちが俺を食おうとしてきたんだし、正当防衛だよな。

うん、俺は何も悪くないはずだ。

「ティガあああああっ！　ティガああああああっ！」

とはいえ、ここまで号泣されるとさすがに胸が痛む――

「はい、悲しみタイム終了～♪　ティガ？　誰だっけそれ？　そんな奴いたっけ？　もう忘れちゃったねー」

――は？

「僕は未来を見続ける男だからね、うん。過去は過去。どうでもいい思い出なんて、綺麗《きれい》さっぱり忘れて今を生きるのさ！」

いやいやいや、切り替え早過ぎだろっ⁉　さっきの涙は何だったんだよ⁉

一番ヤバいのはどう考えてもこいつだと、俺は確信した。

「それにしても、僕の眷属たちをやってくれたの、てっきり聖騎士たちだと思ってたんだけどね。まさかアンデッドだったなんて。もしかして同族殺しの能力でも持ってるのかな？」

グリスは興味深そうに俺を見てきながら、

「いずれにしても、ぜひとも僕の眷属に欲しいところだ。というわけで、リノ、ミルラ、あいつの動きを封じておいてよ」

「わ、分かった！」

「……了解ナリ」

リノというのは小柄な少年アンデッドで、ミルラが全身包帯の方らしい。声が低かったので全身包帯は恐らく男だろう。

「ゴーレムハンド！」

少年が叫ぶと、俺の足元の地面がいきなり蠢《うごめ》き始めた。かと思えば、地面から腕のようなものが生えてきて、俺の足をがっしりと摑んでくる。

「……束縛ス」

さらに包帯男の方が、自分の身体に巻き付いていた包帯を飛ばしてきた。まるで生きているかのような動きで、包帯が俺の上半身へと絡《から》みつく。

「あははっ！　身動きが取れないでしょ！　ボクはその状態から足を左右に引っ張って、股を裂いちゃうのが好きなんだ！」

少年が心底嬉《うれ》しそうに笑う。……うん、こいつもやはり真面《まとも》な精神性ではなさそうだ。

バキベキンッ！　俺が強引に足を動かすと、思っていたより簡単に土の腕が壊れて抜け出すことができた。

「なぁっ!?　う、嘘《うそ》でしょっ？　あっさり破壊された……っ？　ミノタウロスさえ動けなくさせられるやつなんだよっ!?」

少年が目を剝《む》いて叫ぶ。続いて俺は包帯の方も引き千切ろうとしたが、びよーんと伸びてしまった。

「……無駄ダ。伸縮自在ナリ」

どうやらこの包帯、どこまでも伸びるらしい。よし、じゃあ燃やそう。

俺は自分に向けてファイアボールを使った。すると包帯は簡単に焼け焦げていく。もちろん俺自身にこの炎は効かない。

……って、しまった!?　俺には効かないが、せっかく手に入れた服が燃えている!?

必至に手で払って、どうにか消化。しかし服はあちこち焼け焦げてしまった……新品だったのに……。

「嘘でしょ……？　ボクのゴーレムハンドが……」

「馬鹿ナ……我ガ包帯、火耐性ナリ……」

そんな俺のあたふたを余所《よそ》に、少年と包帯男が瞠目《どうもく》している。いや包帯男はどこに目があるのか分からないが……。

ともかく、今度はこっちから攻撃しても構わないよな？

「ファイアボール×２」

おおっ、できたぞ！　高位の魔法使いがやる魔法の同時発動だ。何となく今の俺ならできるのではと思ってやってみたが、意外と簡単だったな。

二つの炎塊がそれぞれ狙いの方向へと飛んでいく。

「あっ、アースウォール！」

少年アンデッドは咄嗟《とっさ》に土魔法で壁を作った。

「ひっ⁉　ぼ、ボクのアースウォールが、一瞬で溶かされたちゃったんだけどっ⁉」

炎塊が直撃すると、土壁がドロドロに溶ける。高温の蒸気を上げながら溶岩と化して地面を流れていった。

少年が顔を引き攣《つ》らせてへたり込む一方、包帯男の方は俊敏な動きで俺のファイアボールを回避していた。こいつに攻撃を当てるのはなかなか大変そうだな。

「しかも今のまともに喰らったら、ディガみたいに霊体ごと消滅させられちゃうんだよねっ⁉　怖すぎるよっ！」

「……天敵ナリ」

「本気で行くよっ、ミルラ！　ボクまだ消滅なんてしたくないっ！」

「……同意ス」

そう頷《うなず》き合ってから、包帯男が真《ま》っ直《す》ぐ俺の方に向かってきた。

やはり速い。そして繰り出される徒手空拳での連続攻撃。拳や蹴りが一瞬の間に何発も俺の全身に叩《たた》き込まれた。しかし俺は相変わらずノーダメージだ。

すると再び包帯が飛んできて、俺の身体に巻きつく。

直後、包帯男の速度がさらに上がった。どうやら包帯の伸縮性を利用することで、より加速力を得たらしい。先ほどよりも速くて強い打撃が次々と俺の身体を打った。

だがそれでダメージを受けたのは包帯男の方だった。衝撃の反動に耐え切れなかったのか、肉がへしゃげたり、骨が折れたりしている。

俺はと言うと、やはり無傷のままだ。

「……理解不能」

攻撃に意味がないと悟ったのか、包帯男が動きを止める。

そのとき少年アンデッドが叫んだ。

「準備完了っ！　魔力を全部使っちゃえっ！　硬土監獄《アースプリズン》っ！」

ゴゴゴゴゴゴゴッ！　と、俺の足元が激しく振動し始めた。かと思えば、周囲を取り囲むように巨大な壁が猛スピードでせり上がっていく。

気づけば俺は土の壁に閉じ込められていた。恐る恐る触ってみたら、土というよりもはや金属の硬さだ。

「はぁはぁはぁ……こ、これなら簡単には出られないはずっ！」

外からそんな声が聞こえてくる。一瞬でこんなものを魔法で作り上げるとは、あの少年アンデッド、相当な使い手のようだ。だが俺はこの状況でも冷静だった。

「……タラスクロードよりは柔らかいんじゃないか？」

巨大亀の体内に呑《の》み込まれ、肉や甲羅を拳で抉《えぐ》りながら脱出したことを思い出して、俺は拳を壁に叩き込んでみた。ドガァァァンッ！

予想通り壁はあっさりと粉砕した。よし、これならすぐに外に出られそうだ。

さらに二、三回連続で殴りつけると、壁に穴が空いて向こう側が見えるようになった。

最後は蹴りを喰《く》らわせ、通り抜けられる大きさへと広げる。

外に出ると、少年がガクガクと身体《からだ》を震わせていた。

「あ、あり得ない……そんな……ボクの全力が……こんなに簡単に……」

「ファイアボール」

「ひぃぃぃっ！　い、嫌だっ……まだ消えたくないっ……ボクはもっとっ、大人が必死に命乞いしてくる顔を見た──ぎゃあああああああっ⁉」

もはや魔力が枯渇《こかつ》していたのか、先ほどのように炎塊を防ぐことができず、その直撃を受けて断末魔の叫びを轟《とどろ》かせた。

「次はこっちの包帯男だが……」

やたらと素早いので、普通に放っても先ほどのように躱《かわ》されるだけだろう。それなら

──俺は地面を蹴り、包帯男との距離を一瞬で詰めた。

「ッ⁉」

まさか直接向かってくるとは思っていなかったのか、包帯男は動くことができない。そのまま抱きついてやった。

……もちろん本当はこんなやり方は嫌だった。

ただでさえ男になんか抱きつきたくないというのに、包帯ぐるぐる巻きのアンデッドと

なればなおさらだ。しかもこいつちょっと臭いし……。

　だがこれなら逃げることは不可能なはず。相手も包帯で俺の動きを封じようとしてきていたが、それをそっくりそのままやり返した形である。

「ファイアボール」

　俺はこの状態のままファイアボールを放つ。もちろん俺自身も少なからず巻き込まれることにはなるが、構いやしない。さっきの失敗のせいで、服はもうあちこち焦げてしまっているからな。

「～～～～～～～～ッ⁉」

　俺には何ともない炎だが、包帯男は身をよじらせながら苦しんでいる。

　やがて包帯もろとも灰となってしまった。

……そして俺の服もかなり燃えてしまってボロボロだ。せっかく調達したのになぁ。

「素晴らしい！　素晴らしい力だよ！　まさか、僕が誇る九死将《きゅうししょう》を、こうも簡単に倒してしまうなんてね！」

　歓喜の声が響いた。視線を向けると、自分の配下を倒されたというのに、死霊術師《ネクロマンサー》のグリスが嬉しくて堪《たま》らないといった顔でこっちを見ていた。

「リノ！　ミルラ！　どうか安らかに眠ってくれたまえ！　君たちの献身的な働きのお陰

で、僕は君たちなんかとは比べ物にならない、最高の眷属《けんぞく》を得ることができるのだからね！」

そして贈る言葉としてはなかなか酷《ひど》いことを言いながら、グリスは勝手な皮算用をしている。誰がいつお前の眷属になると言ったんだよ。

「ふふふっ、もう準備はできているよ」

「っ？」

「この世界最高の死霊術師、グリス＝ディアゴ様の手にかかれば、どんなアンデッドでも支配下に置くことができるのさぁっ！」

次の瞬間、俺の足元に巨大な魔法陣が出現していた。

……げっ！　さすがにこれはマズいよなっ？

俺は咄嗟に魔法陣の外に逃げようとするが、しかし俺の動きに合わせて魔法陣の方も動いてくる。まさかの追尾機能付き⁉

「あははははっ！　逃げることはできないよ！」

魔法陣が輝き、そしてどこからともなく現れた鎖のようなものが俺の全身に絡みついてくる。逃れようと身をよじらせるも、どうやら実体のない鎖らしく、ただすり抜けるだけだった。

「僕の死霊術《ネクロマンシー》は霊体そのものに作用するのさ！　いかに強靱《きょうじん》な肉体を持っていようと、防ぐことは不可能だっ！」

勝ち誇ったように叫ぶグリス。そして先端が矢のように尖《とが》った鎖が、俺の肉体——いや、霊体へと突き刺さった。

「——契約完了。これで君は僕のものだっ！　あはははっ！　あはははははっ！」

グリスが宣言する。同時に魔法陣と鎖が消失していた。

「ふふふ、君は今日から僕の忠実な眷属だ……さあ、こっちにおいでよ」

「ファイアボール」

「……は？」

うん、やっぱり何ともないようだ。奴《やつ》の支配下に置かれていたとすれば、こんな風に攻撃できるはずがない。

「ひぃっ⁉」

いきなり飛来してきた炎塊を、グリスは咄嗟にしゃがみ込んで回避していた。

意外と素早いな。どうやら当人もそれなりの戦闘の心得はあるらしい。まぁまだ死なれては困るし、あえて躱せるように放ったからなのだが。

「ば、馬鹿なっ⁉　なぜ僕を攻撃できる⁉　確かに僕の術は発動したはずっ！」

目を剝《む》いて驚いているところを見るに、単に失敗したわけではなさそうだ。

要するに俺には効かなかったということだろう。

……あれ？　ということは、こいつでは俺を浄化させることが不可能なんじゃ……。

いや、まだそうと決めつけるのは早い。ひとまず話を聞いてみるとしよう。

「……おい」

俺はグリスに近づきながら声をかけた。

って、なんか恫喝《どうかつ》している感じになってしまった……。

「っ……」

そのせいか、向こうは怯《おび》えるように一歩二歩と後退《あとずさ》ってしまう。

相手が人間だから緊張してしまったのかもしれない。

よし、こいつを人間とは思わないことにしよう。生きた人間ではなく、アンデッドだと思えばいい。相手がアンデッドであれば、少しはまともに会話ができるはずだ。

だがそんな俺のせっかくのナイスアイデアも、残念ながら台無しになってしまう。

「～～～っ！」

最後に残ったアンデッドの女が、俺の前に立ち塞がったのだ。

「い、いやっ……あたじはまだっ……消えだぐないっ……」

しかし涙で顔をくしゃくしゃにしている。恐らくグリスの命令に逆らうことができないのだろう。……さすがにこれはやり辛《づら》い。

幾らアンデッドとはいえ、さすがに泣いている女を殺すのには抵抗があった。

俺が躊躇《ちゅうちょ》していると、グリスはそれを好機と見たのか、着ていた外套《がいとう》の中から何やら古い壺《つぼ》のようなものを取り出して、

「……できれば取っておきたかったんだけど、こうなったら仕方がないよねぇっ！」

そうして何を思ったか、その壺を思い切り放り投げた。

地面に落ちて割れると、中から猛烈に嫌な気配が噴き出してくる。どす黒く、禍々《まがまが》しい何かだ。実体はないものの、それは確かな存在感を伴ってそこにある。

しかも無数に重なり合いながら蠢《うごめ》いていた。

『憎い憎い憎い憎い憎い憎い憎い憎い憎い憎い憎い憎い』

『許せない許せない許せない許せない許せない許せない』

『死ね死ね死ね死ね死ね死ね死ね死ね死ね死ね死ね死ね』

撒《ま》き散らされるのは凄《すさ》まじい怨念の数々。聞いているだけで発狂しそうになるような悍《おぞ》ましい感情の洪水が、こちらへ押し寄せてくる。

「ゴースト……？」

ゴーストは肉体を持たず、霊体だけとなってこの世界を彷徨《さまよ》い続けるアンデッドの一種だ。壺の中から現れたのは、夥《おびただ》しい数のゴーストの集合体だった。

「あははははっ！　僕が密《ひそ》かに収集し、じっくりと育ててきたゴーストの塊だっ！　その数およそ三百っ！　圧倒されるほど見事な怨念だろう⁉　さすがの僕でも、これだけの数を集めるのには苦労したよ！」

……どうせ集めるならもっといいものを集めろよ。俺は心底からそう思った。

ゴーストの集合体は一番近くにいた女アンデッドの身体に纏《まと》わりつく。

『おいで』『こっちにおいで』『あなたも仲間になるのよ』

「や、やめてっ！　放してっ！　あたしを巻き込まないでぇぇっ！」

どうやら彼女の肉体から霊体が引きずり出されそうになっているらしい。そんなことが可能なのか……。

女アンデッドは涙と鼻水を垂らしながら、グリスに懇願する。

「グリス様、お願いっ！　助けてっ！」

「君はもう用なし。そいつの一部になっていいよ」

「どうして⁉　永遠に一緒だって、以前あたしに言ってくれたわよね⁉」

「あはは、覚えてないなぁ」

「そんな――い、いやあああっ⁉」

ひと際大きな絶叫の後、女アンデッドの身体が糸の切れた人形のように崩れ落ちる。

『いやああああああっ⁉』

一方で彼女の霊体は最後まで悲鳴を上げながら、あえなくゴーストの集合体へと取り込まれていった。

「あははっ、こいつは霊体を喰らって永遠に成長していく代物なのさっ！」

『『『オアアアアアアアッ！』』』

今度は俺の方へと向かってきた。

……怖っ！　なにせ無数のゴーストたちが、世界を呪うような形相をして迫ってくるのだ。生前の俺だったらチビっていたかもしれない。

俺は思わず心の中で叫んだ。こっち来るな！

『『『オアアア……？』』』

するとなぜかゴーストの集合体が動きを止めた。

え？　もしかして俺の言うことを聞いた？　いやいや、まさかな。

しかも俺は心の中で叫んだだけだ。

……一応、確かめてみよう。

座れ！　……ゴーストたちが一斉に地面に座り込んだ。

伏せ！　……ゴーストたちが一斉に地面に寝転んだ。

立て！　……ゴーストたちが一斉に立ち上がった。

まるでよく躾《しつ》けられた犬だ。しかも集団なのでなかなか見応えがある。

「っ⁉　ど、どういうことだい⁉　一体何をしている⁉　僕はそんなことやれなんて命令した覚えはないよ！」

グリスが焦《あせ》っている。理由は分からないが、やはり今このゴーストの集合体は、奴の命令を完全に無視し、俺に従っているらしい。

ん……？　そのとき不思議なことに、怨念の奥底に隠された彼らの感情が伝わってきた。

『殺して』『死にたい』『もう許して』

……そうか。こいつらも好きでこんな状態になっているわけじゃないんだな。

グリスの奴が死霊術を使い、この世界に無理やり留《とど》まらせているのだ。それがいかに冒《ぼう》瀆《とく》的なことなのか、今の俺には理解できた。

「……お前たちも早く安らかに眠りたいんだな」

問うと、ゴーストたちが頷《うなず》くのが分かった。それに応えるように、俺は魔法を発動する。

「ファイアボール！」

指向性を持たせず、その場に留まるように燃え上がらせた炎。

霊体に魔法は効かない——それが常識ではあるが、恐らく俺の使う魔法はそうではない。ゴーストたちが我先にと燃え盛る炎へと飛び込んでいった。

『ああ……』『これでようやく眠れる……』『ありがとう……』

そしてその姿が薄れ、やがて消えていく。やはり俺のこの火魔法には、ゴーストを浄化させてしまう力があるらしい。……俺自身には効かないのが難点だが。

「こ、こんな……こんなことが……」

その光景を見ながら、グリスがわなわなと唇を震わせていた。

「ゴーストと意思を通わせ、しかも自在に操る……まさか、君は……」

そうしてすべてのゴーストたちが消え去ると、俺はグリスを睨《にら》みつけた。

「ひぃっ？」

それだけで腰が抜けたのか、グリスはその場で尻餅を突いた。俺は近づいていくと、その喉頸《のどくび》を摑《つか》み上げる。

「あ、あ、あ……」

「最後に、一つだけ問う。俺を……俺自身を浄化させる方法を知っているか？」

「うひっ……うひゃひゃひゃひゃひゃっ！」

……何か突然、変な風に笑い出したぞ。

「そんなこと僕でも不可能だっ！　いひひっ！　だけどっ、そうだねぇっ！　王都！　この国の首都に行けば、何か分かるかもしれないよぉっ！　うひひひっ！」

王都か。やはりこの死霊術師《ネクロマンサー》では、俺の期待に応えてはくれないらしい。

「そうか……じゃあな」

俺はそのまま指に力を入れ、グリスの首を握り潰した。そして死霊術師の身体《からだ》が地面に崩れ落ちた、まさにそのとき。

「み、見つけたぞ！」

――聖騎士少女に追いつかれてしまった。

◇　◇　◇

白髪のアンデッドを見失った後も、私は奴を探し続けた。

「リミュル隊長！　ご無事だったのですかっ？」

その途中、偶然にも副隊長のポルミと再会できた。

「ああ、見ての通りだ。死を覚悟して皆を逃がしたというのにな……」

私の覚悟は何だったのだと、もはや苦笑するしかない。しかしポルミは真剣な面持ちで言う。

「いえ、隊長のあの勇ましい姿には感動いたしました」

「や、やめてくれ」

……かえって恥ずかしくなってしまうではないか。

「それより、皆はどうしている？」

「はっ、全員無事で、ひとまず近くの教会に集合しております」

「そうか」

「それで……奴《やつ》は？」

ポルミの問いに、私はどう答えるべきか悩み、眉根を寄せる。

「奴は……逃げた。……もしかしたら、奴は我々に敵対的な存在ではないのかもしれない」

と、そのときだった。ごごごご、と地面がいきなり大きく揺れ始め、私とポルミは咄《とっ》嗟《さ》に身構える。

「何事だ？　……地震か？」

「隊長！　あれをっ」

ポルミが指さす方向へと目を向けると、赤々と燃え上がる火柱が見えた。ここからそれほど遠くはない。防壁のすぐ近くだ。

私とポルミは互いに頷き合うと、すぐさま走り出す。

やがて防壁付近の開けた場所へ出た私たちは、燃え盛る炎の傍《そば》であいつを発見する。

いた……っ！　白髪のアンデッドだ！

隣で表情を強張《こわば》らせるポルミを余所《よそ》に、私は声を張り上げた。

「み、見つけたぞ！」

すると奴は一瞬こちらを振り返ったが、私の顔を見るや驚いてまたしても逃げていく。

信じがたいことに防壁を軽々と飛び越えてしまった。なんという跳躍力だ。

「くっ！　逃がすか……っ！」

「た、隊長！　これをっ……」

「っ⁉」

後を追おうとした私をポルミが制する。見ると、彼女の足元に人が転がっていた。

「こいつは……奴が殺したのか？」

首が完全に捩《ね》じ切られており、明らかに死んでいた。

人に危害を加えることのないアンデッドなのではないか、そう思いかけていた私は、少なからずショックを受けた。

いや、そもそもそれが普通なのだ。単に奴も例外ではなかっただけということ。

それにしても異様なのが……この死体、満面の笑みを浮かべている……？

「この特徴は……た、隊長！　間違いありませんっ……この男は、我々が追っていた死霊術師——グリス＝ディアゴです！」

「な、何だと……？」

ポルミが告げた言葉に、私は驚愕《きょうがく》を覚えた。こいつがグリスだと？

「やはり、敵対関係にあったということか……？」

「その可能性は高いかと……。この状況を見るに、どうやらグリスとあの白髪のアンデッドがここで戦闘を行ったのだろうと推測できます」

言われて周囲を見渡してみると、あちこちそれらしき痕が見受けられた。

グリスは必ず眷属《けんぞく》を引き連れているものだが、諸共《もろとも》あの白髪にやられたのかもしれない。

そのときだった。恐らく近くの住民たちだろう、ここでの騒ぎを聞きつけたのか続々と集まってきてしまう。

「さっき物凄《ものすご》い音がしていたが……」

「何か燃えているぞっ！」

「ひ、人が死んでいるっ……？」

私は彼らに向かって声を張り上げる。

「我々はメルト教の聖騎士だ！　周囲に危険なアンデッドが潜んでいる可能性がある！　すぐにこの場を立ち去り――――？　何だ？」

彼らが私の後ろを呆然《ぼうぜん》と見ていることに気づいて、私は後ろを振り返った。

「なっ？」

するとそこにいたのは、宙に浮かぶ一体のゴースト。

「グリス＝ディアゴ……っ⁉」

我々の足元で死体と化したばかりの死霊術師だった。霊体となった凶悪犯罪者は、なぜか嬉々《きき》とした様子で高らかに告げた。

『ごきげんよう、諸君！　僕の名はグリス＝ディアゴ！　国際的に指名手配されている最凶の死霊術師と言えば、分かってくれるかな⁉』

集まってきた人々が、その言葉に騒《ざわ》めく。もちろん肉の声ではない。心の中に直接響いてくるような、霊的な声だった。

「き、聞いたことがあるぞっ？」

「何百人もの人間を殺戮《さつりく》してアンデッドにした、ヤバいネクロマンサーだ……っ！」

「まさか、自分自身までアンデッドにしちまいやがったのか!?」

グリスの名を知る人は決して少なくない。これまで幾度となく、新聞などでセンセーショナルな記事となっているからだ。

『ははは っ! どうやら僕のことを知ってくれている人も多いみたいだね! とても光栄だよ! さて、これよりそんな僕から君たち人類に、素敵なお知らせをプレゼントしてあげようじゃないか!』

私は嫌な予感を覚えた。

果たして私の予想通り、グリスは宣言してしまう。

『この度この地上世界に、なんと大災厄級《カタストロフィ・クラス》の魔物が出現したのさ! その名もノーライフキング! その名の通り、アンデッドの中のアンデッド! まさにアンデッドの帝王だ!』

「ノーライフキング……?」

「……アンデッドの帝王?」

「だ、大災厄級だと……?」

……まずい! 私は戦慄する。

「ポルミっ!」

「はいっ！」

私とポルミは咄嗟に聖槍を振るい、浄化の光を打ち放つ。グリスのゴーストはそれをまともに浴びたはずだったが、それでも構わず続けた。

『ノーライフキングの目的はただ一つ！　それはアンデッドの王国を築き上げることだ！　人類の歴史は間もなく終焉《しゅうえん》する！　これより訪れるのは死者の世界だ！』

「だ、黙れっ！　何を根拠に言っている⁉　おい、こいつの話に耳を貸してはならない！　惑わされるなっ！」

私が必死に叫ぶが、焼け石に水だ。人々は絶望の表情を浮かべ、私の声など聞いていなかった。

やがてようやくグリスの霊体が消えていく。

『せいぜい残り短い生を謳歌《おうか》するといいさ！　あはははははっ！　あはははははははははははははは――』

……最後にそんな高笑いを残して。

「「う、うわあああっ！」」

恐怖に駆られた人たちが悲鳴を上げて逃げ出す。

「ま、待て！」

咄嗟に呼び止めようとするが、誰一人として応じてくれなかった。

数人程度ならまだしも、これだけの人数を二人だけで抑えられるとはとても思えない。すぐに街中に噂《うわさ》が広がることだろう。

グリスの言葉が事実かどうかなど関係ない。先日、某新聞社が出した記事ですら、人々の恐怖心を大いに煽《あお》ることとなり、各地で様々な影響が出てしまっているほどだ。

大災厄級――それすなわち、人類が滅びてもおかしくないほどの危機をもたらす事案で、過去にたった一度しか定められたことがない。

もしこの宣言が知れ渡ってしまえば、世界中がパニックに陥りかねなかった。

本当に大災厄級が現れたとなれば、人類にできる対策などないに等しく、後はもはや祈るのみ。ゆえに我々が危惧すべきなのは、誤った情報による無意味な混乱の方だ。だからこそ魔物等の脅威度を定める際は、慎重に慎重を重ねるべきなのだが……。

「グリスめ……最後の最後に余計な土産を残していってくれたな……っ！」

「隊長、やはり今のはすべて、奴の出鱈目《でたらめ》……？」

「……いや、そこまでは判断がつかない。だが奴にとってすれば、人類が大混乱に陥ればそれでいいのだろう」

あの白髪のアンデッドは人に危害を加える可能性は低い。上手《うま》くいけば、秘密裏に、そして穏便に事を進めることができたかもしれなかったのに……。

「……仕方がない。私から教団本部に連絡し、声明を発表するよう促してみる。……どれだけ効果があるかは分からないが」

言いながら、私は奴が去っていった防壁の方を見やる。

……地上に死者の世界を作り上げようとする、ノーライフキングだと？

だとすれば、私も今頃アンデッドの一人になっているだろう。こうして私が無事であること自体が、グリスの話が嘘《うそ》であることを証明していた。

第七章　勝手に眷属になった

再びあの聖騎士少女から逃走した俺は、防壁を飛び越えて街の外へ来てしまっていた。

……もう街には戻らない方がいいだろう。また彼女に遭遇しかねないし、何より服が焼けてボロボロになってしまった。どこかで改めて調達しないと……。

「よし、このまま王都に行こう」

グリスに言われたことを思い出し、俺はこれからの方針を固める。

正直あいつの言うことがどれだけ信頼できるか分からないのだが、それでも情報を得るには人が一番多いところに行くべきなのは間違いない。

問題はやはり、ちゃんと人と会話できるか、だが……。

しかし俺はそれ以前の問題にぶつかってしまった。

「……せめて王都がどこにあるか、聞いておくべきだったな」

周囲を見渡し、そして途方に暮れてしまう。王都とやらがどちらにあるのか、まったく分からないのだ。

どうしようかと悩んでいると、あの音が聞こえてきた。プオ〜ッ！

あの芋虫のような巨大鉄塊が街から飛び出してくる。そして煙を吐き出しながら、あっという間に街から遠ざかっていった。

「俺がこの街に来たのとは別の方向だな」

恐らくまた他の都市へと向かっているのだろう。

「あれに付いていけば、もしかしたら王都に行けるかもしれない」

もちろんまったく違うところに行ってしまう可能性もあるが、そのときはそのときだ。

……人に聞けば早いだろう、などと安易に言ってはいけない。

コミュ症の人間にとっては、回り道をする方が遥《はる》かに簡単なことなのだ。

俺の場合、時間も体力も無限にあるしな。

◇　◇　◇

——ロマーナ王国王都。

ロマーナは西側諸国の中でも歴史と伝統ある国だ。とりわけ王都であるここアルテは、遥か昔から栄えてきた街だけあって、街の至るところで古い建造物を見ることができた。

だが決して古いだけの街ではない。急発展を遂げている周辺国に乗り遅れまいと、新しいものを積極的に取り入れる活気に満ちた街でもあった。

そんな王都に今、各地から続々と避難する者たちが集まりつつあった。

「ここならきっと大丈夫だろう」

「ああ、この国で最も強固な都市だからな」

彼らが逃げてきた理由は外でもない。大災厄級とも言われる魔物――ノーライフキングが出現したとの情報だ。

近年、急速に普及しつつある遠距離通話魔導具《テレフォン》や新聞の力もあって、ここ数日で瞬《またた》く間に拡散されたのである。

汽車はすでにどの便も座る場所がないほどで、値段の高騰に歯止めがかからない状況だ。

もちろん今はまだそれらを享受できる富裕層の間だけだが、これがもし庶民にまで知れ渡った場合には、予想もつかないほどのパニックに発展することだろう。

「教皇猊下《げいか》は、不安がる必要はないとの声明を発表されたそうだが、用心するに越したことはない」

「まぁ本当に大災厄級が現れたなら、たとえ王都だろうと一溜《ひとた》まりもないだろうが」

「いやいや、そんなこともないぞ。なにせ、我が国の国王陛下は――」

きゃあああああっ！

突然どこからか悲鳴が聞こえてきて、彼らの会話が中断する。

何事かと目を向けた先にいたのは、街路樹を破壊しながら暴れ回る生き物――全長およそ二メートルの巨大な蜥蜴《とかげ》だった。

「ど、ドラゴンっ⁉」

大きさから考えるに子供のドラゴンのようだ。身体《からだ》には途中で引き千切られた鎖が巻き付いている。どうやら輸送中に逃げ出したらしい。

魔物愛好家の中でもドラゴンはとりわけ人気が高く、危険度が比較的低い子竜は彼らの格好のターゲットだ。ここ王都でも、子供のドラゴンまでならば売買や飼育が認められていた。

「グルアアアアッ！」

しかし子竜とはいえ、ドラゴンはドラゴンだ。いったん暴れ出すとなかなか手が付けられない。

加えてその子竜は、周囲にバチバチと電流のようなものを放出していた。雷竜と呼ばれる特殊な竜種のようだった。

「お、落ち付けっ！　――ぎゃっ⁉」

子竜を必死に落ち着かせようとしていた調教師が、雷撃を浴びて倒れてしまう。

もはや完全に子竜の暴走を止められる者がいなくなり、興味本位で状況を見守っていた人々も慌てて逃げ始めた。

そのときだった。シュンッ、と鋭く風を切り、どこからともなく飛来した縄のようなものが、子竜の足を打った。それだけで大きな身体がひっくり返り、傍《そば》にあった屋台に頭から突っ込む。

「グルァッ！」

すぐに起き上がろうとした子竜だったが、追撃が今度はその脳天を打った。子竜は意識を失い、完全に沈黙する。

「ったく、騒がしいっちゃありゃしないねぇ」

舌打ちしながら気絶した子竜に近づいていくのは、下着並みの露出度の鎧《よろい》を身に着けた女だった。その手には、信じられないほど長い鞭《むち》が握られている。

「す、すげぇ……あんな長い鞭を使って、遠距離からピンポイントで子竜の足や頭を打ったのか……」

「何者だ、あの女……？」

「とにかく助かった……」

その一部始終を見ていた人々が安堵《あんど》と賞賛の言葉を口にする。

そんな中、彼女の正体に気づく者もいた。

「あの赤い髪にあの格好……まさか、〝百　鞭《ハンドレッドウィップ》〟のエスティナじゃないかっ？」

そう、彼女の名はエスティナ。コスタールの街で今話題のアンデッドと対峙《たいじ》し、そして、かつてない恐怖を味わったAランク冒険者だ。

（各地の富裕層の連中が逃げてきている……考えることは同じってわけだ。早めに動いて正解だったねぇ）

実は彼女もここ王都の高い防衛力を頼りに、避難してきた一人なのである。

（王都なら間違いなく安全なはず……だよねぇ？　……高い金払って汽車を乗り継いで来たんだ。少なくとも、すぐにはここまで来ないはずさ、うん）

そう自分に言い聞かせるエスティナ。

しかし悲しいかな。【大災厄級《カタストロフィ・クラス》ノーライフキング、王都に急接近か！】の見出しが躍るのは、このすぐ翌日の新聞だった。

◇◇◇

「い、一体どうすれば……？」

「どうすればって、もはや逃げるしかないだろうっ」

「護《まも》るべき民を置いてかっ？　貴様っ、それでもこの国の政治を担《にな》う人間かっ！」

「黙れ！　私は知っているぞ！　お前が秘密裏に王都脱出の計画を立てていることを！」

議場に怒号が飛び交っていた。

王都の中心に位置し、この国の政治の中心でもあるカンベイラ宮殿。

国を代表する貴族たちが集まり、この事態への対策を検討するはずが、気が付けば彼らは我が身可愛《かわい》さに、自分たちが助かる方法ばかりを考えていた。

「沈まれ！」

力強い一喝が響き渡った。一瞬にして沈黙した貴族たちが見たのは、議場の入り口に堂々と立つ偉丈夫だ。

「「陛下……っ！」」

議場に現れたのは、ロマーナ王国国王その人。アレンドロス三世である。

すでに齢《よわい》五十に達しているが、未《いま》だ若々しさを失ってはいない。鍛え抜かれた体軀《たいく》や見事な顎鬚《あごひげ》は、まさに王者のそれだ。

「何を狼狽《うろた》えているのだ。貴殿らがそれでは国民はますます混乱してしまうだろう」

「で、ですが、陛下……大災厄級とも噂《うわさ》されるアンデッドが、ここ王都に接近してきていると……」

「もちろんすでに報告は受けている。我が国が誇る飛空艇部隊からの確かな情報だとな」

飛空艇は大勢の人を乗せて空を飛べるという、画期的な魔導具だ。

かつては力のあるごく少数の魔法使いだけが空を飛行することができたのだが、この魔導具の発明により非魔法使いであっても自在に空を移動することが可能になった。

索敵能力の向上にも大いに寄与し、近年では多くの国が飛空艇を用いた特別な部隊を組織している。

「は、はい。アンデッドは我が国の鉄道に沿う形で休みなく移動し、真っ直《まっす》ぐ王都に向かってきているというのです……。その速度から推定するに、早ければ明後日《あさって》には王都に到達する、と……」

「ふむ。ならば避難は間に合いそうにないな。パニックで無駄な被害を出さないためにも、王都からの移動を厳しく制限するべきだ。もちろん、住民たちにはここ王都に居れば間違いなく安全であると宣言する」

アレンドロス三世ははっきりと方針を口にする。

「そのノーライフキングとやらを迎え撃つ。余がいる限り、王都には一歩たりとも入れさせはせん」

それはすなわち、彼自らが兵を率いて出撃するという宣言だった。

――ロマーナ王国の現国王アレンドロス三世は、人々から英雄王と称されている。

しかし彼の生涯の始まりは、決して順風なものではなかった。

前王の子として生まれるも、母親の出があまり良《い》いものではなかったせいで、王位継承権は与えられず、幼い頃は王族として扱われていなかったのだ。

そんな彼は、早くに王族である自分に見切りをつけ、冒険者となった。するとメキメキと頭角を現し、二十代半ばにして世界で数人しかいないS級にまで上り詰める。

そして彼が再び王宮へと帰還するきっかけとなったのが、この国に災厄級《カラミティ・クラス》の魔物が出現したことだ。

王太子を初め、彼の兄たちが国を捨てて我先にと他国へと逃亡する中、彼は仲間たちとともにその魔物に挑み、激闘の末に討伐してみせたのである。

そんな兄たちに失望したアレンドロス三世は、自分こそがこの国を導くに相応《ふさわ》しいと悟り、王位を奪取。

当初は反対派との小競《こぜ》り合いもあったものの、国民の圧倒的な支持を受けて、安定した政権を確立させてしまった。

そうした経緯があるからこそ、彼が発表した「王都は安全である」との声明は、住民たちを大いに安心させることとなった。

「聞いたぞ。もしアンデッドが来たら、国王陛下が自ら迎え撃つらしい」

「かつて災厄級を討伐された陛下だ。きっと今回もこの国を救ってくれるはずだ」

お陰でパニックは最小限に抑えられており、王都からの出入りが制限されても暴動が起きるようなことはなかった。

……もちろん中には恐怖に怯《おび》える者もいた。

王都内のとある宿。食事の時間になっても、部屋から一向に出て来ない宿泊客がいた。

「お客さん、聞きましたよ？　お客さんは名のある冒険者なんですよね？　こんなところで引き籠もってていいんですか？　少しでも陛下の助けになろうと、冒険者ギルドも応援を集めてるって話じゃないですか」

「う、うるさいねぇ！　そんなのあたしの勝手だろう！」

宿の主人に扉越しに咎《とが》められて、涙声でそう怒鳴り上げたのは、赤い髪が特徴的な冒険者である。

しかもAランクという、全冒険者の中でもたった一パーセントにも満たない特別な等級を与えられた実力者だった。

「ああっ、こんなことなら王都になんか来るんじゃなかった……っ！」

部屋の隅っこで毛布に包《くる》まり、エスティナはぶるぶると身体を震わせる。

当初は王都なら安全だと思っていたが、あのアンデッドが近づいてきていると新聞で読んでから不安がどんどん募ってきて、今やこの有様《ありさま》だった。

「まさか、このあたしを追ってここまで来たんじゃないよねぇ……っ？　だとしたら、今度こそ殺される……っ！　ああっ！　何で出入りが禁止されているんだいっ！　これじゃ逃げることもできやしないじゃないか！」

頭を抱えて項垂《うなだ》れるエスティナ。

そんな彼女へ、扉の向こうから主人が言う。

「心配しなくても、きっと陛下が何とかしてくださいますよ。なんたって、かつて災厄級を討伐されたほどの方ですから」

「あんたはあいつを見たことないからそんなこと言えるんだよっ！」

エスティナは思い出す。自分が全力で放った必殺技を受けて、何の痛痒《つうよう》も感じていなかったあの化け物を。

「……たとえ英雄王だろうが、あいつに勝てるとは思えないっ……そして王都は陥落っ

「……あたしらは皆、アンデッドにされちまうんだっ……うわあああああっ！」

部屋の中から聞こえてくる大声に、宿の主人は秘《ひそ》かに苦言を吐く。

「……まったく、他のお客さんに迷惑だから、せめて静かにしておいて欲しいよ。まぁ、どうせ隣も似たような感じだけど」

そう言いながら彼が視線を向けたのは、エスティナが泊まっている部屋のすぐ隣の部屋だった。

「来るなっ……こっちに来るなぁっ……」

そこからは必死に何かを遠ざけようとするような声が漏れ聞こえてくる。

泊まっているのは、ジェームスと名乗る商人風の男性だった。

「きっとあいつは私を追ってきたのだっ……やはり逃げられない運命なのかっ……一体、私が何をしたというのだっ！　ああ、だがしかし、もう一度あの恐怖を味わうくらいなら、いっそ今ここで……」

鬼気迫るようなその声に、宿の主人は血相を変えてドアを叩《たた》いたのだった。

「お、お客さん！　早まらないでくださいよっ！　せめて死ぬなら宿の外で死んでくださいっ！」

◇　◇　◇

「陛下っ！　ノーライフキングと思われるアンデッドが、五キロ圏内に入ってきました！　やはり真っ直ぐここ王都に向かってきているようです！」

「……そうか」

兵からの報告に、余は静かに頷《うなず》いた。

「さすがは陛下……我々と違い、まるで動じておられぬな」

「大災厄級とも言われる魔物との戦闘を目前にしても、あの落ち着きよう……」

「恐らく自信がおありなのだろう。やはり陛下がいらっしゃる限り、我が国は安泰だ」

あちこちからそんな賞賛と安堵の声が聞こえてくる。お陰で、余は深々と溜息《ためいき》を吐きたくなってしまった。

……まったく、どいつもこいつも完全に余を頼り切っておる。

こんなことではもし余に何かあったとき、この国はどうなることか。

英雄王。余がそう呼ばれて久しい。

歴史と伝統のある我がロマーナ王国は、近隣諸国の急成長に押され、先王の時代まで衰退の一途を辿《たど》っていた。

それを余は強烈なリーダーシップにより、たった一代で国を再建、そして再び世界にローマーナ王国ありと印象づけさせたのだ。

しかし人々を導く絶対的な英雄の存在は、諸刃《もろは》の剣であることを、余は身を持って知ることとなった。

誰もが余の顔色を窺《うかが》い、余の言うことに唯々諾々《いいだくだく》と従うだけ。自らの頭で考えることを忘れ、ただ命令を遂行するだけの道具と成り下がってしまったのである。

今やこの国の未来に、真に責任を持とうとする人間はほとんどいない。

「陛下！」

と、国を憂える余の元へと駆け寄ってきたのは、栗色《くりいろ》の髪の少女とその一団だった。彼らが身に着けている鎧《よろい》は我が国のものではない。恐らくメルト教の騎士団の装備だろう。

彼女は余の前で跪《ひざまず》き、名乗った。

「メルト教の聖騎士、リミュルと申します。この度、御国の王都に脅威が迫っていると聞きつけ、加勢に参りました」

普通この早さでの援軍などあり得ない。元から我が国に滞在していた者たちだろう。

メルト教の教主国――メルト・ラムが保有する軍人、それが聖騎士だ。

本来なら他国の軍人が我が国にいるのはおかしなことだ。しかし彼ら聖騎士に関しては、例外的に駐留が認められていた。

つまりそれだけメルト教が、我が国でも力を持っているということだ。実際、国民の半数以上がメルト教の信者である。

「我らがこの手に抱くのは、聖なる槍《やり》。対アンデッドにおいて、大いに貢献できると確信しております。ぜひとも最前線で戦う許可をいただければ幸いです」

……この娘、なかなか良い目をしている。

我が国にもこのような人材がいればなと、余はつい嘆いてしまう。

「うむ。その申し出、とてもありがたいことだ。だが生憎《あいにく》とその必要はない」

「なぜなら、これから戦うのは余だけだからだ」

「っ？」

「なっ……？」

驚きで目を見開く聖騎士の少女を余所《よそ》に、余は声を張り上げ、この場に集う者たちへと訴えかけた。

「余の戦いをよく見ておくがよいッ！」

これから余は、単身で大災厄級《カタストロフィ・クラス》とも噂される化け物と戦う。

全盛期の余が仲間とともに打倒した災厄級の魔物を、凌駕《りょうが》するかもしれない存在。今の余では勝つことなどできぬだろう。それでもこの国を護《まも》るため、我が身と引き換えてでも必ずや奴《やつ》を倒す腹積もりだ。

きっとここで余は死ぬ。しかしそれでよいのだ。

余の存在はもはや、この国の癌《がん》のようなもの。荒療治かもしれないが、この国の人々を奮起させるには、余を取り除くしかない。

願わくは、これから余が行う命がけの戦いをその目でしかと見て、この場に集う者たちにせめて余の十分の一でもよいから、この愛国の精神が伝わればと思う。

「ゆくぞ、リューンっ！」

「ひひーんっ！」

余の愛馬であるリューンとともに駆け出す。

ユニコーンの血を継ぐこの白馬は非常に長命で、冒険者時代からの余の相棒だ。これまで幾度となく、共に試練を乗り越えてきた。

見る見るうちに白髪のアンデッドの姿が近づいてくる。どうやら向こうもこちらに気づいたようだ。

……ここから見る限り、大した魔力を感じないな。

だがそれで侮《あなど》るような余ではない。むしろかえって警戒心を強めたほどだ。

長き年月を生きた聡明《そうめい》な魔物の中には、自らのその強大な力を秘匿しているようなものも少なくないのである。実際にかつてそれで痛い目を見たことがあった。

余の勘が囁《ささや》いている。あのアンデッドは間違いなくそのタイプだ、と。

シャリンッ！　余は腰に提げていた剣を抜く。

相手にとって不足はない。余は高らかに名乗りを上げた。

「余の名はアレンドロス三世っ！　この国に害成す邪悪なアンデッドよ！　これより余が神に代わり、貴様に天罰を――」

そのとき何を思ったか、白髪のアンデッドがぐるりと身体《からだ》の向きを変え、

「――は？」

こちらに背を向けて一目散に逃げ出した。

◇　◇　◇

「おおっ、めちゃくちゃ大きな街が見えてきたぞ」

二本の鉄棒に沿って歩き続けること、丸三日。今までで一番大きくて立派な防壁が見え

てきた。もしかしたらあれが王都かもしれない。

ちなみにちゃんと服は着ている。途中で見つけた村でいただいた、もとい、拝借させてもらったのだ。

「あの様子だと、かなりの大都市だろうな……」

あそこなら俺が死ぬ方法が分かるかもしれないという期待と同時に、果たしてそんな大都会で俺がまともに調査を進められるのかという不安に駆られてしまう。

ともかく、まずはあの防壁を乗り越えて街に入りたい。

けど警備も厳しいだろうし、夜まで待たないとダメだろうな……。

「それに……あれのこともある」

俺は空を見上げた。そこに浮かんでいるのは、船のような形状をした巨大な物体だ。ただし船と違って帆はなく、代わりに翼のようなものが幾つか付いていた。

最初は大きな鳥かとも思ったが、間違いなく人工的なものだ。

実はしばらく前から、ずっと俺の上空を飛び続けているのである。時々人の顔が見えるので、恐らく人が乗っているのだろうとは思われるが……。

「凄《すご》いな～、俺も乗ってみたいな～」

今の俺ならジャンプしたら届くかもしれないな？

いやいや、さすがにあの高さは無理だろう。そんなことを考えながら、再び防壁の方へと視線を戻した俺は、あることに気が付いた。

「ん？」

防壁のすぐ手前。そこに無数の戦士たちがずらりと並んでいたのだ。

そう、戦士だ。明らかに武装した数千人規模の集団が、縦横まったく乱れることなく見事に整列しているのである。

冒険者を寄せ集めたような集団ではない。数が多すぎるし、何より装備が揃《そろ》い過ぎている。どう考えても軍隊だろう。

所々で騎馬兵が天高く掲げているのは、赤地に黄金の獅子《しし》が描かれた旗。この国の戦旗だろうか。

「え？　ちょっ、まさか今から戦争でもおっぱじめる気なのか……？」

敵が攻めてきているのなら、あの防壁を活《い》かしながら戦うはずだ。こうして防壁の外に整列しているということは、きっとこれからどこかに出撃するつもりなのだろう。

どうやらとんでもないタイミングに来てしまったようだ。

道理でここまで街道に、まったく人通りがないと思っていた。

ただ不思議なのが、彼らがなぜか街道の方ではなく、俺の方を向いているということ。

こっちの方向は進軍に適さないと思うのだが。

と、そのとき集団から騎馬が抜け出し、単騎で向かってきた。

装備が明らかに上等だし、恐らくこの軍隊の中でも大将クラスの人間だろう。兜《かぶと》に立派な羽根まで付いてるし。

「……間違いなく俺に用がある感じだよな……？」

俺は焦《あせ》った。こんなときに暢気《のんき》に街に近づいてきたのだ、きっと怪しまれて、詳しく調べられるに違いない。

そうなったら、俺のコミュ力では誤魔化せる気がまったくしない。

……悪いが、ここはいったん退散させてもらうとしよう。

そう考え、俺は踵《きびす》を返して逃げ出したのだった。

◇　◇　◇

「ま、待て⁉　貴様っ、どこに行く気だっ⁉」

いきなり踵を返して走り出したアンデッド。予想外過ぎる行動に、余は慌ててしまう。

まさか逃げる気なのか……っ？　そうはさせるか！

「リューン！」

余の命令に従い、リューンが一気に加速した。最高速度ならば、汽車すらも追い越すリューンの全速力だ。これならすぐに――ぜ、全然追いつけない!?

追いつくどころか、むしろ徐々に離されていく始末。

あのアンデッド、なんという速さだ……っ！

「だがこの距離ならばっ……」

余は一か八か、馬上で剣を構えた。

これは冒険者時代に手に入れたもので、神剣と言っても過言ではない特別な力を持つ。

かつてこの国を襲った災厄級《カラミティ・クラス》の魔物を討伐できたのも、この剣があったお陰だ。

「ハァッ！」

余は馬上でその剣を振るった。もちろん刃が届くはずがない。余が飛ばしたのは、不可視の斬撃。しかもどんな防御をも無効にする、絶対切断の斬撃である。

ドラゴンの硬い鱗《うろこ》ですらバターのように易々《やすやす》と切り裂くことが可能で、これがあれば子供でもオークくらいは簡単に殺せるだろう。

ただし剣が認めた者しかその力を使うことができず、しかもそれは一度に一人だけ。

すなわち今は余が世界で唯一の使い手だった。

ザッ！　斬撃がアンデッドの首に届いたという手応えがあった。

「何っ？」

だがどういうわけか、何事もなかったかのように奴は走り続けている。

ギリギリ届かなかったのか？　いや、見えない斬撃とはいえ、余がそれを見誤るはずがない。

「ひぃん……」

「くっ！」

どうやら先にリューンの方に限界がきてしまった。ペースが急激に落ちてきてしまう。

一方、アンデッドはまったく疲労している様子がない。そもそもアンデッドには疲労というもの自体が存在しないか……。

「……仕方があるまい」

余は追うのを諦め、リューンの鼻先を王都の方へと向けた。

あれだけ意気込んで単身で飛び出しておきながら、奴を取り逃がしてしまい、このまま戻るのは何とも恥ずかしい。何より先ほどの余の覚悟は何だったのか。

しかし臣下たちの元へ戻った余を待っていたのは、予期せぬ声だった。

「陛下がお戻りになられたぞっ！」

「アンデッドが尻尾を巻いて逃げ出すなんて、さすがは陛下っ！」

「やはりこの国は永遠に安泰だっ！」

ぬおおおおおおおおおっ！　やめてくれぇぇぇえっ⁉　臣下たちからの手放しの賞賛の声に、余は頭を抱えて叫びたくなってしまう。

少しでも余に媚《こび》を売ろうという魂胆が丸見えだ。

余は何もしていない。ただ馬を駆って走っただけだというのに。

あのアンデッドは余を怖《おそ》れて逃げたわけではないだろう。もしかしたら、そもそも最初から我々人類に敵対的な存在ではないのかもしれない。

「大災厄級《カタストロフィ・クラス》の魔物を怯《おび》えさせるとは、陛下こそ世界最強だ！」

「アレンドロス大王、万歳っ！」

「ロマーナ王国は永久に不滅だっ！」

ぐおおおおおおおっ！　貴様らは余を恥ずかしさで悶《もだ》え死なす気かっ⁉

だいたい王都には何の被害も出ていないのだ。それで大災厄級などとは、誇張にもほどがある。

ええい、いい加減にやめい！　さすがの余もついに堪忍袋《かんにんぶくろ》の緒が切れてしまい、怒鳴

り散らしそうになった、まさにそのとき、

――バリバリバリバリバリッ！

「「「～～～っ!?」」」

突然、凄《すさ》まじい轟音《ごうおん》とともに空が光り輝いた。

「な、何事だっ？」

鼓膜が痛みを訴える中、空を見上げた余が目撃したのは、上空に滞空していたはずの飛空艇が燃え盛りながら地上へと落ちてくるところだった。

それだけなら飛空艇内で何らかの事故が発生したのだと思っただろう。

しかし空にはもう一つ、その原因と思われる巨大な影があった。

「……ドラゴンっ？」

それは黄金の鱗を持つ巨大なドラゴンだ。

全長二十メートルを超える飛空艇と比べても、その倍以上の巨体である。

そして全身から紫電を撒《ま》き散らしていた。どうやら特殊な力を有するドラゴン――雷竜のようだ。ただ、並の雷竜はあそこまで大きくない。

「まさか、雷轟竜《らいごうりゅう》……っ？」

誰かが震える声で言った。

雷轟竜。それは雷竜の中でも頂点に君臨するとされる存在だ。

かつてとある国がこのドラゴンの逆鱗《げきりん》に触れてしまったことで、一つの都市が万雷によって跡形もなく焼き尽くされたという。

それゆえ――

「災厄級……」

大都市、あるいは一つの国を滅ぼし得るほどの力を有する魔物。それが災厄級だ。雷轟竜はそのうちの一体に指定されている。

この距離でも分かるほどの圧倒的な魔力量は、余がかつて倒したあの災厄級と同等……いや、下手をすればそれ以上かもしれぬ。

奴《やつ》には天敵などおらず、もはや隠す必要すらもないのかもしれない。

次の瞬間、雷轟竜が大きく口を開いたかと思うと、そこから凄まじい雷光のブレスを吐き出していた。

バリバリバリバリバリバリバリバリバリバリバリバリッ！

先ほどを超える轟音とともに、それが王都の上空に展開されていた結界に直撃する。

それは王都が誇る最強の防護結界だ。

たとえ一万発を凌駕《りょうが》する上級魔法の直撃に晒《さら》されようとも、耐え抜く力を持つほどで、今回の戦いに備えてあらかじめ展開しておいたのである。

――パリィィンッ！

だがそれが、たった一発のブレスによって破壊されてしまう。

「け、結界が破られたっ⁉」

「しかも街中に入っていくぞっ⁉」

雷轟竜の姿が街の中へ消えた。不味《まず》いっ……このままでは王都が崩壊するぞ⁉

と思いきや、直後に再び空へと飛翔《ひしょう》する雷轟竜の姿があった。よく見ると、後ろ脚で子供と思われるドラゴンを抱えている。

雷竜の子供を連れ去った者がいたのか……っ！　なんと愚かな……っ！

雷轟竜はそのまま西の空へと飛び去っていく。

「子供を攫《さら》われ、取り返しに来たのか……っ？」

「このまま去って行ってくれれば……」

皆が祈るように言うが、余は期待などしていなかった。最悪の事態を想定し、配下たちに指示を叫ぶ。

「急げ！　改めて結界を展開させるのだ！」

そして余はリューンとともに再び走り出す。

「余はできる限り街から遠い場所で奴を迎え撃つ！」

奴のあの雷撃は、その余波だけでも人を簡単に殺せる威力だ。王都から離れて戦う方が良《い》いだろう。

「グルアアアアアッ！」

案の定、雷轟竜が引き返してきた。

子竜の姿はない。恐らくどこかに避難させた上で、これから人間に復讐《ふくしゅう》をしようというのだろう。何者が王都にこの災厄を呼び込んだのか知らないが、とんでもないことをしてくれたものだ。

だが――

「……ちょうどよい！　今度こそ余の死闘を見せてやろうッ！」

王都に向かって飛来してくる雷轟竜。余はリューンの背に跨《また》がりながら、迫りくる巨体へ神剣による斬撃を打ち放った。

「ッ！」

「……躱《かわ》した⁉」

「陛下……っ⁉」

不可視の斬撃が胴体を切り裂く寸前、信じられない軌道で身を翻《ひるがえ》し、奴は回避してみせたのだ。

見えない斬撃を感知したのも驚きだが、あの巨体で避けられるというのも恐ろしい。

「グルアアアッ！」

しかし、そのお陰で奴の注意は完全に余の方に向いた。怒りの雄叫《おたけ》びを轟《とどろ》かせ、こちらを見下ろしてくる。

「ハァッ！」

そこへ余は次の斬撃を飛ばした。さらに間髪入れずに二撃目、三撃目と追撃を放つ。

だがそのすべてを雷轟竜は悠々と翼をはためかせて避けてしまう。

やはり目に見えないはずの斬撃を完全に捕捉しているようだ。

……さすがは災厄級。やはり一筋縄にはいかない。

無論、この程度で倒せるなどと思ってはいない。余の命を燃やし尽くし、それでどうにか相打ちに持ち込めるような強敵だと端《はな》から覚悟している。

こちらの攻撃がいったん収まり、チャンスと見たのか、雷轟竜は口腔《こうこう》を大きく開けた。

恐らくこれから吐き出されるのは、先ほど王都の結界を一撃で破壊してみせたあの雷光のブレスだろう。

神剣には及ばないが、余が装備しているのは伝説級とされる防具の数々。しかしそれでも、あれをまともに喰《く》らえば一溜《ひとた》まりもないはずだ。

余は地上に飛び降りると、リューンを背後に護《まも》り、そして剣を構えた。全神経を研ぎ澄ませ、その瞬間を待つ。

刹那、暴力的な威力のそれが解き放たれた。

「ハァァァッ！」

そして余は神剣を、寸分違《たが》わぬタイミングで振り下ろしていた。雷光が真っ二つに両断され、余の左右を抜けていく。

「ぐっ……」

直撃は免《まぬが》れたが、さすがにダメージ無しとはいかなかった。全身が痺《しび》れ、思わずその場に膝を突いてしまう。一方で大きな成果もあった。

「グルアアッ⁉」

雷轟竜の片翼が根元から斬り飛び、飛行能力を失って地上へと落ちてくる。

やがて大きな地響きとともに大地へ激突した。

先ほど余が斬ったのはブレスだけではない。その先にいた雷轟竜を同時に斬り裂いていたのである。あの雷光のブレスを放つときこそが、奴に最も隙ができる瞬間だろうとの、余の読みが完全に当たった格好だ。

……もっとも、狙ったのは奴の胴体だったので、少し躱されてしまったようだが。

「オアアアアアアッ！」

「小さき人間ごときに片翼を奪われたのだ。さぞかし屈辱だろう」

雷轟竜から伝わってくる凄まじい憤怒《ふんぬ》の感情。常人ならばこれに晒されるだけで意識を喪失しているだろう。

……よし、そろそろ麻痺《まひ》が抜けてきたようだ。

余はリューンを退避させると単身で、大地に落ちた雷轟竜に立ち向かっていく。

「その有様《ありさま》では、さっきまでのようには逃げられまい！」

あの雷光ブレスはやはり連発できないようで、奴は小規模な雷撃を放ってくるだけ。

これならば神剣に頼らずとも回避することが可能だ。

しかしそのとき何を思ったか、奴は地面に雷撃を叩《たた》きつけた。それも一発や二発ではない。周囲一帯に次々と放っていく。

もうもうと舞い上がる砂煙。それに紛れて奴の姿が見えなくなった。

「目隠しのつもりかっ！　その強大な魔力を隠すことなど——っ!?」

余は思わず息を吞《の》んだ。奴の気配が消失していたのだ。

あれだけの存在でありながら、自らの力を隠蔽することも可能だというのか。

「くっ！」

余は焦燥に駆られながら出鱈目《でたらめ》に斬撃を飛ばすが、まるで手応えがない。

「グルアアアッ！」

「〜〜っ⁉」

背後から雄叫びが聞こえて、余は咄嗟《とっさ》に振り返った。

戦慄する。いつの間にか、すぐ後ろに巨体が屹立《きつりつ》していたのだ。

振るわれる巨大な前脚。咄嗟に斬撃をぶつけようとするも、一瞬間に合わなかった。

「あああああああっ⁉」

気が付けば余は遥《はる》か彼方《かなた》まで吹き飛ばされていた。

ボロ雑巾のように何度も地面を転がって、ようやく止まったときにはもう瀕死《ひんし》だった。

恐らく全身の骨という骨が折れている。生きているのが不思議なほどだ。

朦朧《もうろう》とする意識の中、どうにかポーションを取り出そうとするが、手が思うように動かない。その間に奴はトドメを刺そうと近づいてくる。

これが災厄級《カラミティ・クラス》か……。やはり人の身で対抗するような存在ではない。

しかし余にはまだ奥の手がある。これを使えば余は確実に死ぬが、どうにか奴も道連れにできるはず――

「ッ⁉」

そのときだった。余のすぐ傍《そば》に、雷轟竜《らいごうりゅう》とはまた違う気配が近づいてきたのは。

あの白髪のアンデッドだ。まさか、戻ってきたというのかっ⁉

マズい……。さすがにこの状態で、このアンデッドまで相手にすることはできない。

一体どうすればと必死に思案していると、極限状態の焦燥からか、余はポーションを地面に落としてしまった。

瓶が転がり、余の手が届かない場所で止まってしまう。しかもそれは、アンデッドのすぐ足元だった。しまった……っ！

余が持つ奥の手も、この瀕死の身体《からだ》では使うことができない。この最高級ポーションで身体を治癒することが、絶対条件だったのだ。

万事休す。余が歯噛《はが》みしていると、何を思ったか白髪のアンデッドは、ポーション瓶を拾い上げた。そして蓋を開けると、

「な……っ？」

なんとそのポーションを余の身体にかけてきたではないか。

どういうことだ？　余を回復させてくれたというのか……？

俄《にわ》かには信じがたい出来事に困惑していると、ついに雷轟竜が目の前までやってきてし

まった。

「グルアアアアッ！」

奴《やつ》にとっては、ほとんど人間と変わらない姿のアンデッドなど、我々人間と同類なのかもしれない。前脚を振り下ろし、踏み潰そうとした。

両者のサイズ差は、たとえるなら人間と鼠《ねずみ》。この光景を見たなら、アンデッドがぐしゃりと潰される未来を誰もが予想するはずだ。

「……は？」

しかしそうはならなかった。鉄でも踏んだような音とともに、アンデッドの足が地面にめり込んだだけ。

僅かに首が傾いたくらいで、潰れるどころか踏まれる前と何ら変わらない体勢のままだ。

まるで釘《くぎ》をハンマーで叩いたかのようだった。

「グルゥッ？」

雷轟竜も困惑している。

一方、白髪のアンデッドは自分の頭に乗っている巨大な前脚を掴《つか》むと、
ぐるぐるぐるぐるぐるぐるっ！

なんと雷轟竜を振り回し始めてしまった。

馬鹿なっ⁉　どれだけの重量があると思っているのだっ⁉

驚愕《きょうがく》する余が吹き飛ばされそうになるくらいの暴風を巻き起こしながら、アンデッドは巨大なドラゴンを思い切り放り投げた。

「グルアアアアアッ⁉」

雷轟竜が悲鳴を上げ、地面を幾度もバウンドしながら遥か彼方まで吹き飛んでいく。

「な、なんという怪力だっ⁉　……っ⁉　いないっ？」

余が気づいたときにはすでにアンデッドの姿がそこにはなかった。凄《すさ》まじい速度で雷轟竜を追いかけていたのだ。

「力のみならず、あれだけの速さで動けるというのかっ⁉」

衝撃を受けながらも、余は戦いの行く末を見届けようと必死に目を凝らす。

地面にひっくり返っていた雷轟竜だが、アンデッドを迎え撃つべく、憤怒の雄叫びを轟かせながらすぐさま身を起こした。

迫りくるアンデッドへ、あの雷光のブレスを放つ。

それをあろうことか、アンデッドは回避しようとすらしなかった。真正面から直撃を浴びてしまう。

「っ⁉」

信じがたいことに、あのブレスの中から飛び出してきた。

この距離だとはっきりとは分からないが、しかしダメージを受けているようには見えない。しかも、アンデッドはブレスを吐き終えた直後の大きく開かれた雷轟竜の口腔へと飛び込んでいく。

一瞬、自殺行為ではないかと思ったが、すぐにあのアンデッドについての最初の一報のことを思い出した。

あのアンデッドはタラスクロードに喰われたにもかかわらず、その硬質な身体を内側から破って脱出したというのだ。

奴にとって、ドラゴンの体内に飛び込むことなど造作もないのかもしれない。

そして雷轟竜からしてみれば、体内からの攻撃を防ぐことなど不可能。

「アアアアアアアアアアアアアアアアッ⁉」

その雷轟竜の口から、ひと際大きな絶叫が上がった。

◇　◇　◇

集団から単騎で抜け出し、こっちに向かってくる一騎の騎兵。

乗っているのは結構な年齢のおっさんで、身に着けている武装から考えて軍の中でもかなり上位の階級にあると推測できた。何でそんな人物が単騎で近づいてくるんだ？

いや、そんなことよりとっとと退散しよう。

俺が踵《きびす》を返して走り出すと、

「ま、待て⁉　貴様っ、どこに行く気だっ⁉」

そんな声が聞こえてきたが、もちろん無視するしかない。

にしても、めちゃくちゃ速いなっ？　鎧《よろい》を着た人を乗せているというのに、あの馬、凄まじい速度で走ってくる。

とはいえ、今の俺も走りには自信がある。早めに諦めてもらえるよう、追いつかれないどころか、むしろ引き離しにかかった。

そのときだった。

「っ⁉」

首に違和感を覚えて、俺は咄嗟に頭を抱えた。何となくそうしなければ、頭と胴体が分離してしまうような感覚がしたのだ。

その直感は正しかった。一体どんな方法を使ったのかは知らないが、どうやら俺の首は一瞬斬り落とされてしまったらしい。

もちろんアンデッドなので痛みはなく、しかも斬られたはずの首はすぐに元通りになった。恐る恐る手を放してみても、頭はちゃんとくっついている。

あのおっさんがやったのか？

いや、それより今の、初めて受けたまともなダメージでは……？

どうやらこの身体も無敵ではないらしい。だがそのことを素直に喜べはしなかった。

「再生力もヤバ過ぎだろ……」

首を斬られても瞬時に修復されるとか、これほんとどうやったら死ねるんだ？

ともかくそうして走り続けていると、やがて諦めてくれたらしく、おっさんは街の方へと帰っていった。

「ふう、ひとまず助かった……」

俺も走るのをやめ、安堵《あんど》の息を吐く。

――バリバリバリバリバリッ！

「な、何だ？」

突然、背後が光ったかと思うと、一瞬遅れて途轍《とてつ》もない轟音《ごうおん》が響いてきた。

何事かと振り返った俺が見たのは、上空を飛んでいたあの謎の船が地上へ落ちていく様子と、翼で大空を舞う巨大な魔物だった。

「ドラゴン……？」

それは黄金の鱗《うろこ》を持つドラゴンで、長い尾を靡《なび》かせながら街に向かって飛んでいく。

次の瞬間、そのドラゴンが口から雷光のブレスを吐き出していた。

バリバリバリバリバリバリバリバリバリバリバリバリッ！

先ほどのそれに勝る爆音が轟《とどろ》く。しかし、ブレスは街の上空で何かに激突したかのように弾《はじ》かれている。恐らく街を守護する結界だろう。

だがその結界も、ガラスが割れるような破砕音が鳴り響き、破壊されてしまう。

ドラゴンは悠々と街の中へと飛び込んでいった。

「あれ、ヤバいんじゃ……」

たとえ兵力のある大都市であろうと、あんな巨大なドラゴンに襲われては一溜《ひとた》まりもないはずだ。と思いきや、ドラゴンはすぐに都市から飛び上がり、そのまま西の空へと去っていった。

「な、何だったんだ……？」

しばらく呆《ほう》けていると、

「グルアアアアッ！」

「うわっ、戻ってきた……っ？」

また街の方に向かってきた。今度こそ都市を破壊するつもりなのかもしれない。

しかしそうはさせまいと、巨大なドラゴンに戦いを挑んだ者がいた。

先ほど俺を追いかけてきたあのおっさんだ。

信じがたいことに、おっさんはたった一人でドラゴンと凄まじい戦いを繰り広げた。

あのドラゴンもとんでもないが、あのおっさんも人間とは思えない強さである。

そもそも離れたところにいる相手を剣で斬るとか、どんな芸当だ。

やはりさっき俺の首が落とされかけたのも、あのおっさんの仕業だったらしい。

しかもドラゴンの翼まで斬ってしまいやがった。

そうして地上に降りたドラゴンとの第二ラウンドが開始する。

だがおっさんの頑張りも虚《むな》しく、ついにはドラゴンの前脚によって吹き飛ばされてしまった。

し、死んだのか……？　いや、まだ辛《かろ》うじて生きているようだ。

気づけば俺は走り出していた。

理性を取り戻して初めての全力疾走である。踏み込んだ地面が大きく凹《へこ》み、風が置き去りにされていく。

あっという間におっさんのところまで辿《たど》り着き、それどころか危うく通り過ぎるところだった。どうにか止まって、倒れたおっさんに接近する。

おっさんはまだ戦うことを諦めていないのか、ポーションを使おうとしているらしかった。だが怪我《けが》で力が入らなかったのか、手から落ちてしまい、ころころと俺のところへ転がってくる。

よし、任せろ。俺は内心でそう告げながら、ポーションを拾ってやった。

しまった、という顔をしているおっさんに、俺はポーションをかけてやる。

だが幾らポーションと言えど、これだけの怪我がすぐに治るはずがない。

……仕方ない。俺がしばらく時間を稼いでやるから、その間に逃げてくれよ。

俺は視線だけでそう伝えると——伝われ——迫りくるドラゴンを迎え撃とうとする。

「……あ」

「グルアアアアッ！」

って、いつの間にかすぐ目の前にいた⁉

頭上から振り下ろされる巨大な前脚。がんっ！　思いのほか重たくはなかった。少し首のあたりがミシッと鳴ったのと、足が地面にめり込んだだけだ。

……もしかしてこのドラゴン、そんなに重くないのか？

俺は自分の頭を踏みつけている前脚を摑んだ。

ひとまずこの場所から離れたいのだが……よし、試してみよう。

ぐるぐるぐるぐるぐるぐるっ！　俺は前脚を摑《つか》んだまま、その場で回ってみた。すると

ドラゴンの巨体が浮き上がり、一緒に回転していく。

やっぱりこのドラゴン、見た目よりも軽いのかもしれないな。

それなら……どりゃっ！

「グルアアアアアッ⁉」

俺が手を離すと、ドラゴンは絶叫を上げながら何度も地面を転がり、遥《はる》か遠くまで飛んでいった。

俺はすぐに後を追いかける。するとドラゴンはよろめきながらも身を起こし、雷光のブレスを放ってきた。しかし俺は回避せずにそのまま突っ込む。

ジュワアアアッ！　せっかく手に入れた衣服が一瞬で蒸発し、さらには俺のファイアボールでも無傷だった皮膚が焼け爛《ただ》れていく。

だがそれもすぐに修復して、ブレスを抜けたときには元通りになっていた。

……ただし服は直らない。また全裸になってしまった……。

幸い近くに誰もいないが、こんな状態でドラゴンと戦い続けるのは恥ずかしい。

そこで俺が咄嗟《とっさ》に取った行動は、ブレスを放った直後で、大きく開いたままだったドラ

ゴンの口の中へと飛び込むということだった。

あれだけのブレスを吐き出しているだけあって、ドラゴンの口内はめちゃくちゃ高熱だった。

普通の人間ならいるだけで即死するだろうが、幸か不幸か俺の身体《からだ》はこれくらいではどうもならない。

俺は喉の奥まで入り込むと、ドラゴンの頭部があるはずの天井目がけ、拳を思い切り振り上げた。肉壁が爆《は》ぜ、残骸が雨のように降ってくる。

「アアアアアアアアアアアアアアアアッ⁉」

かなり効いたらしく、ドラゴンが苦痛の雄叫《おたけ》びを轟かせる。

身をよじりながら苦しんでいるようで、上下が何度も逆転。体内にいる俺はひっくり返りそうになるが、近くの肉壁を摑んでどうにか耐えながら、幾度となく拳を見舞っていく。

……あの巨大タラスクよりも硬いな。

それでも俺の拳はドラゴンの体内を掘り進め、ついには頭蓋をも破壊。

やがて脳漿《のうしょう》へと辿り着いた頃には、すでにドラゴンは動きを止めていた。

「……死んだっぽいな」

俺自身がアンデッドだからか、すぐに分かった。

まさかこんな巨大なドラゴンを倒してしまえるとは……俺、思っていた以上にヤバいアンデッドになってしまったのかもしれない。

それにしても、どうしよう……？

今の俺は全裸だ。さすがにこの状態で外を歩くわけにはいかない。しかも今は夜ではなく真昼である。アンデッドになってしまったとはいえ、俺にはちゃんと恥じらいというものが残っているのだ。

「このドラゴンが動き出して、このまま俺をどこかに運んでくれたらなぁ……なんて、虫のいい話はないよな」

と、そのときだ。俺の頭の中に直接、謎の声が響いてきたのは。

『──我が主よ』

最初は「誰だ？」と思ったが、どういうわけか俺にはすぐにピンときた。

もしかして……このドラゴン？

「え？　ちょっ、どういうこと？　もしかしてまだ死んでない？　いや、死んでるはずだよな？」

『無論すでに死んでおる。身の程を知らず、神に等しい力を持つ主に挑むとは、なんと愚かだったことか……死んで初めて理解できたのじゃ』

なんか、めちゃくちゃ腰が低くなってるし、俺のことを主とか言ってるんだが……。

そもそも死んでるなら何でこうして会話してるんですかね？

って、もしかして。

「アンデッドになったのか……？」

『うむ、主の力により、我はこうして不死の存在として蘇《よみがえ》ったのじゃ』

俺の力？

「いやいや、俺、何にもしてないぞ？」

『む？　しかし主は願ったじゃろう。我を眷属《けんぞく》にする、と』

願ったって……まさか、さっきの？

――このドラゴンが動き出して、このまま俺をどこかに運んでくれたらなぁ。

ただの冗談だから！　しかも眷属にするなんて言ってない！

ていうか、もしかして俺が眷属にしたいと思ったら、それだけでアンデッドにできてしまうのかっ？

『当然であろう。主にはそれだけの力がある』

マジか……。

『それで、主はどこに行きたいのじゃ？』

「ええと……じゃあ、ひとまずどこか森の中にでも」

考えるのは後だ。ドラゴンの口の中からちらりと外を見ると、あのおっさんがこっちに向かってきているし、いったん人里離れたところに身を潜めよう。

森の中なら動物もいるだろうし、上手《うま》くやれば最低限、大事なところを隠せるものを作れるかもしれない。

『了解したのじゃ』

頷《うなず》いて、ドラゴンが宙へと飛び上がった。

「あれ？　お前、翼を片方、斬られたんじゃなかったか？」

『とっくに再生しておる。これも主の力じゃろう、一瞬で生えてきたぞ。我は元より高い自然治癒力を持っておったが、さすがにここまでではなかったのじゃ』

「そ、そうか……ちなみに名前は？」

『我が名はサンディグルム。雷轟竜《らいごうりゅう》などと呼ばれたりもしておる』

「雷轟竜サンディグルム……」

随分と仰々しい名だ。

『気軽にサンディとでも呼んでくれればよいぞ。これでも、竜種、いや、古竜の中でも最強の一角じゃと自負しておる。もっとも、とある二体の古竜には及ばなかったがの。奴《やつ》らは別格であった。しかし壮絶な戦いの末、ほとんど相打ちとなって果てたのじゃ。千年くらい前のことか』

ドラゴン同士の喧嘩《けんか》か……しかも両方とも死ぬってよっぽどだよな……。

『二体とも気性が荒く、相性も悪かったからのう。いずれああなるだろうとは思っておった。そう言えば、主からはどことなく、あの二体の魔力が感じられるような……いや、気のせいかのう?』

気のせいだろう。そんなヤバいドラゴンなんて、俺は見たことがない。

「ところで何で都市を襲ったんだ?」

『同族の子が人間どもに攫《さら》われたからじゃ。親竜が追跡し、あの都市に運び込まれたところまでは突きとめたが、結界を破ることができなかったようでの。我に泣きついてきたのじゃ』

それで親玉とも言えるこのドラゴンが代わりにやってきたということか。

そんなことを話していると、ドラゴンが急降下を始めた。

『着いたのじゃ』

地面に着陸すると、頭を下げて俺を降ろしてくれた。

全裸のまま外に出るが、期待通り周囲は鬱蒼《うっそう》と茂る森なのでそれほど恥ずかしくない。

さて、それじゃあ動物でも探すか。毛皮があれば俺でも腰布くらいは作れるだろう。

俺は森の中を歩き出した。ズドンズドンズドン……。

……ドラゴンが後を付いてくるんだが？

「ええと……」

『どうしたのじゃ、我が主よ？』

「……今、動物を探しているんだが……付いて来られると逃げられかねない」

凄《すさ》まじい魔力を拡散させている上に、歩くたびに地響きが鳴るこの巨体だ。動物なんて敏感だし、あっという間に逃げてしまうだろう。

『なるほど。つまりは警戒されぬよう、小さくなって気配を消せと』

「小さくなる？」

『うむ。我にかかれば造作もないことよ』

そう頷くと、ドラゴンの全身が魔力を帯びて煌々《こうこう》と光り出した。

段々とその輝きが小さくなるにつれて、ドラゴンの巨体そのものも縮小していく。やがて光が収まったとき、そこにいたのは若い金髪美女だった。

全裸の。

「……は？」

身体のあちこちが黄金の鱗《うろこ》に覆われ、頭に角が生えてはいるが、見た目はほぼ人間だ。

それが一糸纏《まと》わぬ格好をしているのである。

しかも豊満な胸にくびれた腰、そして大きな臀部《でんぶ》と、見事なプロポーション。

このドラゴン、雌だったのかよ！

「ふっふっふ、これでどうじゃ。人間のオナゴにしか見えぬじゃろう？　……む？　どうした？　なぜ顔を背けながら後ろに下がっていくのじゃ？」

どうしたも何も、俺はただでさえ若い女性が苦手なのだ。

ドラゴンが化けた姿とはいえ、惜しげもなく裸体を晒《さら》しているのである。俺は完全にパニックに陥っていた。

「おい、どこに行くのじゃっ？」

返事をする余裕もなく、俺はドラゴンに背を向けて走り出した。

「まさか、我を置いていくつもりかっ⁉　主の力でこんな身体にされてしまったのじゃぞ！　責任を取らんか！」

そんなことを言いながら追いかけてくる人化したドラゴン。

端から見たら間違いなく勘違いされそうな台詞《せりふ》だ。しかもお互いに全裸である。森の中でよかった。

「待つのじゃぁぁぁっ！」

響き渡る怒声を背に、俺は森の中を全速力で走り続けたのだった。

◇◇◇

「雷轟竜を、倒したのか……？」

余は驚愕《きょうがく》とともにその結果を見届けていた。雷轟竜はピクリとも動かず、この距離からではあるが、生命反応がまるで感じられない。

恐らく白髪のアンデッドによる体内からの攻撃を受けて、絶命したのだろう。

しかし勝利したはずの白髪のアンデッドも、なかなか出てくる様子がない。

自分から飛び込んだとはいえ、さすがにドラゴンに呑《の》み込まれては、無傷とはいかないのだろうか。

と、そのときだ。死んだはずの雷轟竜がなぜか再び動き出し、身体を起こしたのだ。

しかも信じられない速さで、余が斬った片翼が修復していく。

「まだ生きていたのかっ……？　いや……」

――アンデッド化。

余の脳裏を過る、最悪の予想。

「ま、まさか……雷轟竜をアンデッドにしてしまったというのか……？」

災厄級《カラミティ・クラス》の魔物を殺し、そして自らの支配下に置いた。戦慄すべき事態に、余は思わずよろめく。

あの白髪のアンデッドは最初からそれが目的で雷轟竜と戦ったのか……？

アンデッドとなった雷轟竜は、元通りになった翼を大きく羽ばたかせ、空へと飛び上がった。

やはり生命を感じないが、周囲に巻き散らされる圧倒的な魔力の波動は、余と対峙《たいじ》したとき以上のものがある。

あれだけの強さだったドラゴンの王者が、不死の竜と化したことでさらなる力を得たというのか……？

余は神剣の柄を握り締める。だがその手は恐怖で震えていた。

……勝てるわけがない。

ただ祈るしかなかった。そして――その祈りが通じたのかは定《さだ》かではないが、雷轟竜は王都など見向きもせずに去っていく。

「た、助かった……のか？」

極限の緊張から解放され、余はその場に尻餅を突いた。

足腰に力が入らない。どうやら安堵《あんど》のあまり腰が抜けてしまったようだ。

しばらく地面に座り込んでいると、そこへ配下の兵たちが駆けつけてきた。

「陛下っ！　ご無事ですかっ⁉」

「……見ての通りだ」

「おおっ！　さすがは陛下っ！　あの雷轟竜を追い払ってしまわれるとは！」

どうやら彼らはあのアンデッドが戻ってきたことは知らないらしい。

「いや……余の力ではない。むしろ、余は助けられたのだ」

そうだ。間違いない。あのアンデッドは確かに余を助けた。雷轟竜を自らの眷属にするだけならば、あのとき余にポーションをかける必要などなかったはずだ。

「……助けられた？　それは一体、どういう……？」

目を瞬《しばたた》かせる配下たちは、果たして余の言うことを信じるだろうか。自分でもそんなふうに思いながら、余は告げたのだった。

「ノーライフキング……あの白髪のアンデッドに、な」

エピローグ

【ノーライフキング、雷轟竜を眷属《けんぞく》に】

ロマーナ王国内で発見された白髪赤目のアンデッドが、3日、災厄級として恐れられる雷轟竜を殺害し、自らの眷属としたことが分かった。

同アンデッドは、死霊術師《ネクロマンサー》グリス＝ディアゴにより大災厄級《カタストロフィ・クラス》に相当する「ノーライフキング」だと明かされ、ロマーナ王国の王都アルテに接近していた。

それに先んじる形で王都を急襲していた雷轟竜と交戦、そして殺害すると、アンデッド化させて支配下に置いてしまったという。

幸い白髪赤目のアンデッドは、そのまま雷轟竜とともに空へと去っていき、王都の被害は最小限に留《とど》まった。

それにより一部から「白髪のアンデッドが王都を護《まも》ってくれたのでは？」「危険な魔物ではないのかもしれない」との声も上がったが、王立魔物研究所のアビール氏はその楽観的な考えに警鐘を鳴らしている。

「今は戦力を集めているところかもしれない。ノーライフキングが雷轟竜《らいごうりゅう》のような強大な力を持つ魔物を次々と支配下に置き、恐るべきアンデッド集団を作り上げたならば、もはや人類に対抗する手立てはない。まさに大災厄だ」と、同氏は語っている。

今回の件を受けて、西邦連合は緊急事態宣言を発動。

そのアンデッドの災厄級指定を決定、さらには歴史上たった一例しかない大災厄級への格上げも検討するとしており、各国に警戒と対策への協力を呼び掛けている。


今朝の新聞記事に目を通した私は、思わずそれをくしゃりと握り潰してしまった。

「リミュル隊長？　どうされましたか？」

「……いや、何でもない」

各地に支部を持ち、西側諸国で広く読まれている新聞だ。

もちろん新聞を読めるのはそれなりに裕福な人たちに限られているが、それでも近いうちに庶民にまで噂《うわさ》が伝わることだろう。

そして大抵、噂というものには尾ひれが付くものだ。

このままではあの白髪のアンデッドは、大災厄級の魔物ノーライフキングとして人々から恐怖され続けることになるだろう。

聖騎士である私がアンデッドを擁護するのはおかしな話であるが、やはりどうしても私には奴《やつ》が危険な存在だとは思えないのだ。

「隊長。そろそろ謁見の時間のようです」

「む、そうか」

私たちが今いるのは、ロマーナ王国王都にある宮殿だった。

もちろん英雄王アレンドロス三世に話を聞くためである。先日は一瞬しか言葉を交わすことができなかったが、改めて謁見の場を設けてもらえるよう打診していたのだ。

あの後、英雄王は単身で白髪のアンデッドと対峙した。

斜陽国家と言われていたこのロマーナを、たった一代で立て直した賢帝でもある彼が、果たしてあのアンデッドのことをどう見たのだろうか。

高級官僚に案内されて、私は謁見の間へと通される。

そこで豪奢《ごうしゃ》な玉座に腰かけ待っていたのは、齢《よわい》五十に達するとはとても思えない、立派な体軀《たいく》をした偉丈夫だった。先日も感じたが、まさに英雄王に相応《ふさわ》しい風貌と、そして威圧感だ。

「メルト教の聖騎士リミュル、面を上げよ」

「はっ」

「先日はすまなかったな。せっかくの申し出を無下にしてしまった」

「いえ……」

「教皇猊下《げいか》の娘と聞いた。なるほど、確かに目元のあたりに面影があるな……」

陛下は私の顔を見ながら、懐《なつ》かしむように言う。聞いた話によれば、かつて私の父である教皇とともに冒険の旅をしていた頃があったという。

「それで、貴殿もあのアンデッドと対峙したと聞いているが？」

「はっ。死霊術師グリス＝ディアゴを追っていた際、偶然にも白髪のアンデッドと遭遇いたしました」

そして聖槍の力をもってしても、奴には傷一つ付けることができなかった。

もちろんそのことは伏せておく。教団の名誉にかかわることであると同時に、先日この槍《やり》があればどんなアンデッドでも浄化できるなどと、大言を吐いたことがバレてしまうからだ。

「交戦したのか？」

「いえ、それが……すぐに逃げられてしまいまして……」

「逃げた、か……。災厄級のアンデッドにしては不可解な行動だな。……あるいは、その槍の力を怖《おそ》れたか？」

もしかして私の嘘《うそ》が見抜かれている……？　陛下のどこか探るような口ぶりからそれを感じ取った私は「はい……」と曖昧な頷《うなず》きを返すことしかできなかった。

「……貴殿はあのアンデッドのことをどう見る？」

「っ……」

陛下からの問いに、私は思わず身を強張《こわば》らせた。

果たしてこれは本音を口にしていいものか。私には聖騎士という立場がある。陛下の前で、下手なことを言うわけにはいかない。

「……ふむ」

私が悩んでいると、何を思ったか、陛下は周囲にいた臣下や護衛の兵士たちをも退出させた。そして陛下は自ら口を開く。

「余にはあのアンデッドが危険な魔物だとは思えぬのだ」

「っ……」

教皇の代理とも言える私の目の前で、アンデッドを肯定するかのような発言。

それは陛下にとっても、決して簡単に口にできるようなものではない。

ゆえに私もその思いに応えるように、自らの本音を告げた。

「……実は、私もなのです、陛下。あのアンデッドは、こちらの攻撃に対して怒ることもなければ、反撃することもありませんでした。ただ大人しく立ち去ったのです。アンデッドの王国を築き上げようとするノーライフキングならば、果たしてあのように我々を捨ておくでしょうか……」

無論、少しでも恐怖を長引かせようという悪趣味な意図があるからだと考えることもできる。けれど私には、あのアンデッドがそんなことを目論《もくろ》んでいるようには見えなかった。

「余はあのアンデッドに命を救われた」

「えっ？」

「無謀にも単身で雷轟竜と戦っていた余は、良くて相打ちだっただろう。だがあのアンデッドが割り込んできたことで、余はこうして未《いま》だ無事に生きている」

それは単に、雷轟竜を眷属に置くために乱入してきただけで、陛下を助ける意図などなかったのではないか？

そんな疑問が脳裏を過るも、しかし陛下はそれをあらかじめ見越していたのか、

「あのとき、迫りくる雷轟竜を前に、余はどうしても傷を回復する必要があった。しかし誤ってポーションを落としてしまった。あのアンデッドはそれを拾い、余に振りかけてくれたのだ」

「アンデッドが……陛下にポーションを……？」

陛下を無視して雷轟竜と交戦したというならまだしも、それでは陛下を意図的に助けたと言っても過言ではないだろう。

「……信じてくれるか？」

「はい」

私もそうだった。汽車内で、あのアンデッドに助けられたのだ。それにブローディアに捕らわれていた人たちも……。

「私は、あのアンデッドには人の心があるのではないかと考えております」

もしそれが事実なら……果たして我々は、どうすればよいのか？

相手はアンデッド。さすがに共生することはできないが……しかし少なくとも、下手に刺激してしまうのは得策ではないだろう。

「一つ、貴殿に頼みがある」

「はっ」

「余はあのアンデッドと話をしてみたい」

「話を、ですか……？」

「うむ。決して不可能ではないはずだ」

「……つまり、私に間を取り持ってほしい、と？」

「その通りだ。無論、貴殿は教会の人間。余の命令を受ける立場ではないことは、重々承知しておる」

陛下の身で動くわけにはいかない。

だが聖騎士である私なら、あのアンデッドを調査するという建前があった。上手《うま》く接触し、どこかで陛下と落ち合わせることもできるかもしれない。

もちろんあのアンデッドに、人との会話が可能なら、だが……。

「……畏《かしこ》まりました。陛下のお頼みとあらば」

「ありがたい。もちろん、何かできることがあるなら余も最大限のサポートをしよう」

そして私は陛下に深々と頭を下げてから、謁見の間を退出したのだった。

◇◇◇

「くっ……完全に見失ってしまったのじゃ……っ！」

人化して金髪の美女となった雷轟竜は、その美しい顔を歪《ゆが》めながら悔しがっていた。

彼女をアンデッドへと変えてしまった主が、どういうわけか彼女を置いて走り出してしまい、懸命に追いかけるも撒《ま》かれてしまったのである。

いだろう。

ドラゴンの大きさならばともかく、この森の中で人間サイズの主を探すのは不可能に近

しかも魔力を抑え込んでいるらしく、これでは探知することもできない。

それにしても一体なぜ彼女の主は逃げ出したのか。

「まさか、何か気に障《さわ》るようなことをしてしまったのか……？」

ハッとして、彼女は自分の言動を顧みる。

だが生憎《あいにく》とまったく見当もつかなかった。

「しかしそれ以外には考えられぬ。ううむ……これではたとえ主を見つけたとしても、また逃げられてしまうのがオチじゃ」

彼女は必死に考えた。

その結果、あることを閃《ひらめ》く。

「そうじゃ！　貢物《みつぎもの》じゃ！　何か主が喜ぶような貢物を用意するのじゃ！　そうすればきっと許してくれるはず！」

妙案を思い付いたとばかりに、笑顔で手を打つ。

「主が喜ぶもの！　すなわち、我のような強力な眷属《けんぞく》に違いない！　ようし、そうと決まれば、取って置きのものを捧《ささ》げるのじゃ！」

彼女は再び黄金のドラゴンへと姿を変えると、大空へと飛翔《ひしょう》した。

『くくっ、待っておれよ、闇黒竜《あんこくりゅう》っ！　貴様に私怨《しえん》はないが、主のためにその命、もらい受けるのじゃ！』

……もちろん彼女の主はそんなものなど望んではいない。

◇◇◇

「……ふう、ようやく撒いたか」

ドラゴンが変身した金髪美女からどうにか逃げ切った俺は、安堵《あんど》の息を吐いていた。

それにしても本当にしつこかったな……。姿が見えないところまで逃げても、幾度となく追いついてきやがったのだ。もしかしてドラゴンも鼻が利《き》くのかもしれない。

結局、匂いで追えないくらいの距離を引き離して、やっとこうして落ち着くことができたのだった。

【――進化条件『レベル100超アンデッドの眷属化』の達成を確認しました】

【――すべての進化条件を満たしたため、現在の種族〈不死王《デス・キング》〉から、上位種族へと進化

します】

【──所要時間およそ134分24秒】

ん？　今、何か聞こえたような気が……。

「あれ……？」

不意に襲いかかる虚脱感。身体《からだ》から急激に力が抜けていき、俺はその場に倒れ込んでしまった。

な、何だ……？　全身にまったく力が入らない……。

段々と暗くなってくる視界。そして遠のいていく意識に、かつてまだ人間だった頃の俺が、ダンジョンで力尽きてしまったときのことを思い出す。

もしかして、ついに永遠の眠りにつくことができるのだろうか？

そうであってくれたら、どれだけ嬉《うれ》しいことか……俺はそんな期待を抱きながら意識を喪失したのだった。

【──3、2、1、0……種族進化が完了しました】

【──現在の種族は〈不死皇帝《デス・エンペラー》〉です】

あとがき

ファンタジア文庫さんでは初めまして。作者の九頭七尾《くずしちお》です。

本書を手に取っていただき、どうもありがとうございます。

本作『ただの屍《しかばね》〜』は元々小説サイトに掲載していたものですが、最初に打診をいただいたときは「えっ、あのファンタジア文庫!?」と、とても驚きました。

と言いますのも、現在は小説サイトを中心に活動している私ですが、実はかつて、新人賞に投稿していた時代がありまして。

その頃、ファンタジア文庫さんが開催されている『ファンタジア大賞』にも幾度となく原稿を送っていたのです。……自信作をあっさり一次審査で落とされた恨みは、今でも忘れませゲフンゲフン。

結果的にファンタジア文庫さんとは縁がなく、別のレーベルさんからデビューすることになったのですが……何の因果か、こうしてファンタジア文庫さんで作品を出させていただけることになり、大変嬉《うれ》しく思っています。

せっかくいただいた数年越しのチャンス。少しでも長く書いていけるよう、ぜひ応援のほどよろしくお願いいたします。


それでは謝辞です。

『カクヨム』および『小説家になろう』で応援いただいた読者の皆様、お陰でこうして書籍という形にすることができました。本当にありがとうございます。

イラストをご担当くださったチワワ丸《まる》さま、キャラデザからかなり拘《こだわ》っていただき、ありがとうございました。予想を大きく超えるクオリティに、密《ひそ》かに小躍りしております。

また、担当さんをはじめ、ファンタジア文庫編集部の皆様、および出版に当たりご尽力いただいた関係者の皆様、本当にお世話になりました。

そして大変ありがたいことに、本作は少年エースplusさんでのコミカライズが決定しております。ぜひ期待いただければと思います。

九頭七尾

お便りはこちらまで

〒一〇二‐八一七七
ファンタジア文庫編集部気付
九頭七尾（様）宛
チワワ丸（様）宛

富士見ファンタジア文庫

ただの屍《しかばね》のようだと言《い》われて幾星霜《いくせいそう》、気《き》づいたら最強《さいきよう》のアンデッドになってた

令和２年９月20日　初版発行

著者――九頭七尾《くずしちお》

発行者――青柳昌行

発　行――株式会社KADOKAWA
〒102-8177
東京都千代田区富士見2-13-3
0570-002-301（ナビダイヤル）

印刷所――株式会社暁印刷

製本所――株式会社ビルディング・ブックセンター

ISBN978-4-04-073816-1 C0193　◇◇◇

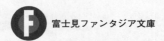

その剣《つるぎ》
WEBで圧倒的人気の
剣戟無双ファンタジー!
シリーズ
好評発売中!!
月島秀一
illustration もきゅ
一億年ボタンを連打した俺は、
Ichiokunen Button wo Renda shita Oreha,Saikyo ni natteita
気付いたら最強になっていた
~落第剣士の学院無双~

STORY

周囲から『落第剣士』と蔑まれる少年アレン。彼はある日、剣術学院退学を賭けて同級生の天才剣士と決闘することになってしまう。勝ち目のない戦いに絶望する中、偶然アレンが手にしたのは『一億年ボタン』。それは「押せば一億年間、時の世界へ囚われる」呪われたボタンだった!?　しかし、それを逆手に取った彼は一億年ボタンを連打し、十数億年もの修業の果て、極限の剣技を身に付けていき――。最強の力を手にした落第剣士は今、世界へその名を轟かせる!

十数億年の重み!

ファンタジア文庫

切り拓け！キミだけの王道
ファンタジア大賞
原稿募集中！
賞金
《大賞》300万円
《金賞》50万円
《銀賞》30万円
選考委員
細音啓「キミと僕の最後の戦場、あるいは世界が始まる聖戦」
橘公司「デート・ア・ライブ」
羊太郎「ロクでなし魔術講師と禁忌教典《アカシックレコード》」
ファンタジア文庫編集長
前期締切 8月末日
後期締切 2月末日